Narratori

W0277861

DANIELE ORAZI

Ostiawood

Alle mie famiglie, agli artisti, agli anni '80,
al mio coraggio e alla mia incoscienza

SOLFERINO

Ringrazio Gianluca Morozzi per l'indispensabile aiuto nella stesura di questo libro.

SOLFERINO

www.solferinolibri.it

© 2024 RCS MediaGroup S.p.A., Milano
Proprietà letteraria riservata

Progetto editoriale realizzato in collaborazione
con Lorenzo Laporta

ISBN 978-88-282-1467-0
Prima edizione: aprile 2024

Andy

Mi chiamo Adriano Schroeder. È il mio nome, come è scritto sulla carta d'identità. Ma nel mio campo lavorativo nessuno si rivolge a me come «Adriano»: tutti mi chiamano Andy Schroeder, e a me piace. Così come mi piace il mio mestiere.

Anzi: io lo amo. Lo amo proprio, il mio lavoro. È una bella fortuna, no?

In quanti hanno una professione che odiano? In quanti si alzano la mattina soltanto per pagare il mutuo, le bollette, la spesa?

Io faccio l'agente. Lo avrete visto mille volte al cinema il mio ruolo celebrato da tanti attori ma sicuramente non avrete mai capito qual è il suo compito. Se servono dei riferimenti, pensate a Sharon Stone in *The Disaster Artist* di James Franco, o a Danny DeVito in *Anything Else* di Woody Allen, o a *Broadway Danny Rose*, sempre di Woody, o Joan Collins in *Nel bel mezzo di un gelido inverno* di Kenneth Branagh, o alla magistrale interpretazione di Sydney Pollack in *Tootsie* (di cui era anche regista) nei panni dell'agente di Dustin Hoffman, o più semplicemente a *Call My Agent*, serie che è seconda solo a *Perfetti sconosciuti* in termini di remake.

Rappresento attori e attrici, e lo adoro. Dopo tanti anni in questo ambiente, ancora vado in agenzia con l'entusiasmo e la felicità del primo giorno.

Ci vogliono davvero pochi accadimenti per scalfire il mio buonumore abituale.

Oggi ne ho vissuto uno.

Oggi, per pochi istanti, ho perso il buonumore.

Per via di un monologo.

Per colpa di *Blade Runner*.

È successo questa mattina.

Ero in ufficio con un attore giovanissimo, uno dei giovani talenti che cerco di scoprire prima che lo facciano gli altri. Sì, perché la soddisfazione che provo nel seguire i successi dei miei interpreti superaffermati è pari a quella che ottengo quando qualcuno che è nato a cavallo del millennio ottiene ruoli sempre più importanti: una fiction italiana, poi una serie internazionale, poche scene in un film, poi un ruolo da protagonista, poi...

Il giovane in questione si chiama Diego Amarone, e il mio occhio allenato non sbaglia: lui ha le stimmate. Ha il Dono. Da Cognome, in pochi anni, lui diventerà un Nome.

In realtà sono mesi che sono alla ricerca di una giovane attrice, ma non trovo mai nessuna che mi convinca, una che abbia quell'X Factor che la rende speciale. Comunque, anche se non cerco un maschietto, questo giovane attore non lo lascio certo ai competitor.

Adesso è ancora Amarone, come all'appello a scuola, ma io già li vedo i fan, o i fotografi, che lo acclamano chiamandolo «Diego! Diego!», come chiamerebbero per nome Brad Pitt o Scarlett Johansson. Come avrebbero gridato «Marcello!» per far voltare Mastroianni, o «Luca» invocando Marinelli.

Quindi ero lì con lui, stamattina, e cercavo di conoscerlo meglio, di capire i suoi rapporti col cinema, certo, ma anche con la musica, con la famiglia, con l'universo in generale. Per me i miei attori non sono soltanto percentuali e contratti da firmare: sono persone. E con le persone con cui lavori, be', vai più d'accordo se le conosci bene.

Stavo facendo qualche domandina divertente a Diego, ma in tono rilassato, mica da interrogazione al liceo. Qualcosa tipo: «Allora dimmi, Diego, così, al volo: qual è il film del quale cambieresti il finale, se ne avessi il potere?».

E lui, prontissimo: «*Non ci resta che piangere*».

«Davvero? Bella scelta. Come lo faresti finire?»

«Come nel romanzo. Benigni scopre il modo per ritornare nel presente, ma lo svela a Troisi solo se gli promette di sposare sua sorella. E così tornano tutti e due nel Novecento.»

«Bravo, non tutti conoscono il romanzo tratto dal film! E dimmi: qual è l'attore al quale porteresti anche il caffè sul set pur di vederlo recitare?»

«Guarda, Andy, ti direi Joaquin Phoenix, ma in realtà è Cillian Murphy.»

«Niente male. Qual è il tuo cavallo di battaglia ai provini, Diego?»

«A dir la verità ne ho due. Uno è un classico. L'altro, per come lo vedo io, è un classico moderno.»

«Mi hai incuriosito. Dimmi.»

«Il classico moderno è il discorso contro la guerra di Peter Capaldi nell'ottavo episodio della settima stagione moderna di *Doctor Who*. Lo posso recitare in italiano come in inglese, è indifferente.»

L'appuntamento mi stava piacendo, avevo capito con pochi passaggi che non mi trovavo di fronte a uno dei tantissimi banali aspiranti attori che cercano solo le 3 S, sesso, soldi e successo. L'ordine di importanza delle 3 S varia da attore ad attore.

«Scelta interessante. E l'altro?»

«L'altro è un po' più scontato: il monologo di Rutger Hauer di *Blade Runner*. Quello sulle lacrime nella pioggia... vabbè, lo conosci, ovviamente.»

E qui per un attimo, solo per un attimo, mi ero rabbuiato.

Avevo sentito delle voci che sghignazzavano fuori dal cinema Cucciolo di Ostia. Avevo sentito i cori che ripetevano: «REPLICANTE».

Non si esce mai dagli incubi dell'adolescenza.

Non ci si esce mai, davvero.

Poi mi ero sforzato di riconnettermi col 2023, di nuovo nel mio ufficio.

Di sorridere.

Di chiedere: «E dimmi, Diego, qual è un personaggio del cinema con cui passeresti una serata?».

Ma pensavo a Ostia. Al cinema Cucciolo.

Perché i tormenti della giovinezza non finiscono mai per davvero.

1

Ostia, anni Settanta-Ottanta

Zio Primo

La vita è fatta in gran parte di incontri casuali, il destino di ognuno è un fitto reticolo di esistenze che si incrociano, interagiscono e danno il via a storie nuove, belle, brutte, tristi, felici, mediocri, eccezionali. Lo insegna *Destino cieco* di Kieślowski, lo insegna *Sliding Doors*: prendere un treno o perdere un treno per questione di secondi ti può cambiare l'esistenza.

Se sono venuto al mondo, è perché zio Primo ha preso un treno che stava per perdere.

Primo Bianchi, da giovane, era l'uomo più bello di Ostia, un autentico dio greco. I suoi posati ammiccanti in bianco e nero, negli anni Sessanta-Settanta erano arrivati sulle scrivanie importanti sotto gli occhi di chi il cinema lo faceva e lo decideva. La gente, avrei scoperto nel corso degli anni, ti perdona un sacco di cose se sei bello. Ti perdona debiti mai ripagati, colossali frottole, piccoli raggiri.

Zio Primo aveva il mito di Alberto Sordi. Ci raccontava spesso di averlo conosciuto, aggiungendo aneddoti divertenti ma poco credibili, così poco credibili che dopo i quindici anni avevo iniziato a ritenerli del tutto inventati.

Solo due storie potrebbero essere vere sui legami tra Ostia e Sordi, e sono entrambe legate alla ristorazione. La prima, a sentire il proprietario del ristorante frequentato da Visconti, Avati, Fellini, Soldati, era che Albertone, nel pieno della sua gavetta, occupava per ore il tavolo della Vecchia Pineta, consumando pochissimo, in cerca di incontri che gli potevano svoltare la carriera.

La seconda, che una delle mogli di Sordi sulla pellicola è stata rappresentata ripetutamente da Anna Longhi, la famosa «buzzicona», che oggi dà il nome al ristorante gestito dalla sua famiglia al villaggio dei pescatori di Ostia, famoso per la sagra della tellina e suggestivo borgo costruito per volontà del Duce in soli cinquanta giorni, lavorando anche di notte sfruttando le lampare delle barche da pesca.

Zio Primo era talmente calato nel suo essere un Alberto Sordi di Ostia pur con la bellezza di Alain Delon che sembrava uscito da *I vitelloni*: un piacione indolente, che dal Lido se ne andava a Roma per rimorchiare le straniere di passaggio. Il classico perdigiorno che viveva tra biliardo, scommesse ai cavalli, e quei quattro-cinque bar in cui poteva bere a credito quando il cavallo di turno non aveva sgambato a dovere.

Un giorno del 1968, nella sua inesausta opera di tacchinaggio, aveva conosciuto Heidi, che d'aspetto era una potenziale terza gemella Kessler, ma più beat. Come avesse comunicato, con lei che parlava solo tedesco e lui che masticava un pappone di inglese inventato e vernacolo locale, solo lui lo sa. L'inventiva di zio Primo, se c'era da rimorchiare una bella stangona bionda, lo tramutava in una torre di Babele col cappotto di cammello e il sorrisone catarifrangente.

Da quel che aveva capito, Heidi aveva ottenuto una particina a Cinecittà, in un peplum di serie Z intitolato *Maciste contro gli invincibili diavoli volanti*. Non proprio un immortale capolavoro, mi sentirei di dire.

Tanto aveva detto e tanto aveva fatto, zio Primo, che era riuscito a conoscere il capogruppo e a farsi assumere come comparsa per una grande scena di massa che avrebbero girato il giorno dopo. Doveva solo arrivare sul set la mattina, puntuale, e rimanere a disposizione tutto il giorno. Avrebbe avuto anche un cestino per pranzo (che a sentire zio in quegli anni si era felici e spensierati senza dubbio, ma la magrezza non era un trend, non era una scelta di vita), e la possibilità di vedere Heidi vestita col succinto costume da schiava degli invincibili diavoli volanti.

L'automobile l'aveva venduta per ripianare qualche debituccio di gioco, per cui avrebbe dovuto prendere il primo treno della Roma-Lido in partenza dalla stazione di Lido di Ostia Centro. Solo che la sera prima aveva fatto tardissimo al bar Vittorio, tra una partita a carte e un fernet. La mattina dopo si era svegliato con un mal di testa tellurico e, soprattutto, in spaventoso ritardo.

Aveva fatto una corsa fino alla stazione, ma ancor prima di arrivarci aveva guardato l'orologio e aveva scosso la testa: troppo tardi, l'orario della partenza era già passato. Di sicuro aveva perso il treno, non sarebbe arrivato sul set.

Stava quasi per tornare indietro rassegnato, pronto a bere due o tre caffè tonificanti a credito, ma alla fine aveva deciso di provarci.

Così era andato alla stazione.

Zio Primo questa storia me la raccontava così: «Andy, quando ti dicono che non è vero che i bambini li porta la cicogna, non ci credere. Tu sei nato proprio grazie a una cicogna!».

E continuava: «Insomma, arrivo in stazione mezzo rimbambito per il sonno e il mal di testa, da un lato speravo di incontrare zia Heidi, che non era ancora tua zia, ovvio, da un altro lato avevo solo voglia di un cappuccino e poi un altro cappuccino, e cosa vedo? Il treno fermo, i passeggeri fuori dal finestrino o sulla banchina, e il macchinista con gli altri ferrovieri che cercano di far volare via un animale che aveva deciso di prendere il sole sui binari. E che animale era, Andy? Una cicogna! Sei venuto al mondo perché una cicogna mi ha fatto arrivare in tempo a Cinecittà!».

Sulla credibilità e sulle competenze ornitologiche di zio Primo non mi esprimo.

Comunque era arrivato sul set di *Maciste contro gli invincibili diavoli volanti*, e dopo dieci minuti era già amico di tutti, maestranze, truccatrici, altre comparse.

E tra le comparse c'era un tedesco in cerca di fortuna nel mondo del cinema, un nibelungo alto e dai capelli rossi di nome Friedrich Schroeder. Ma per zio Primo Bianchi da Ostia Friedrich era troppo complicato da pronunciare: l'aveva subito ribattezzato «Fritz».

Zio Primo l'aveva reclutato con il ruolo di traduttore, per facilitare la comunicazione con la bella Heidi tra una ripresa e l'altra. Heidi e Fritz erano sì entrambi tedeschi, ma di due Germanie molto diverse. Erano gli anni del muro che divideva la Germania tra passato e presente. In fondo anche Ostia era divisa in due, non esisteva un muro tangibile ma la separazione tra Ostia e La Nuova Ostia era molto concreta. La Nuova Ostia, piazza Gasparri con i suoi citofoni ingabbiati, culla di delinquenza e spaccio, era zona off limits per noi.

Mentre Heidi scappava dal peggior comunismo e dalla ricerca dell'essenziale, Fritz scappava dal rigore di una famiglia mezza nobile decaduta dove ci si dava del lei anche in famiglia, ci si cambiava d'abito per cena e si mangiava con tre forchette, dall'etichetta borghese in cerca di leggerezza.

Alla fine di quella giornata di lavoro, zio Primo aveva già battezzato Fritz come suo migliore amico, lo stangone crucco da portare al mare al Lido e da far conoscere a sua sorella Rosa. Erano veramente una strana coppia ma molto ben assortita, niente a che vedere con Jack Lemmon e Walter Matthau diretti da Gene Saks. Erano piuttosto un Paul Newman moro e David Niven roscio, diretti da Fellini. Non potevi non girarti se passavano loro con quei sorrisi conquistatori e naturalmente accecanti (alla faccia degli sbiancamenti di oggi), le donne cadevano ai loro piedi, insomma erano un gran bel vedere e con una malattia comune... quella che i truccatori e i costumisti dai polsi spezzati di Cinecittà chiamavano con ribrezzo «la ferita da dove siamo usciti tutti».

A Rosa Bianchi non era piaciuto subito, il roscio nibelungo. Era successo pian piano.

Alla fine del '68, i fratelli Bianchi (un destino segnato, con questo cognome) e i due tedeschi Heidi e Fritz già uscivano in quattro per prendere un gelato o la celebre birra-caffè della gelateria Sisto di piazza Anco Marzio.

Che sua figlia si fidanzasse con un germanico, a mio nonno, er Sor Bianchi detto Gigi, non andava troppo a genio. I crucchi erano pur sempre gli amici di Hitler, e lui la guerra se la ricordava bene. Portava ancora addosso le ferite del bombardamento di San Lorenzo, nonno Gigi: come dimenticare quel 19 luglio del '43, quando erano rimasti senza casa con Rosa appena nata? Da allora in poi, per una serie di motivi legati tra loro, paura, tradizione, scaramanzia e rispetto, sul calendario dei Bianchi e degli Schroeder quella data rappresentava qualcosa di negativamente importante: portava sempre sfiga, succedeva sempre qualcosa di funesto, finché addirittura ci fu un invito da parte del Sor Gigi a tutti i familiari di non uscire di casa il 19 luglio per limitare i danni.

Ma quando papà Friedrich detto Fritz aveva chiesto sua figlia in sposa, sospirando, aveva detto di sì. Però, forse per diffidenza verso il crucco, forse non avendo ben capito se si chiamasse Friedrich come diceva mamma Rosa o Fritz come lo appellava zio Primo, si era sempre rivolto a lui chiamandolo «Lo Straniero».

Bisogna ammettere che anche i nonni crucchi non

erano certo contenti di quel matrimonio che sporcava la casata degli Schroeder. Seppur caduti in disgrazia, erano mezzo nobili.

Seppur con poca gioia da parte dei vecchi (che in realtà avevano, all'epoca dei fatti, la mia età attuale) il matrimonio era doveroso: Rosa aveva, come si dice, la pagnotta in forno. E quindi eccola, la prima coppia mista di Ostia, convolata a nozze in Campidoglio poche settimane prima del parto con una manciata di amici e abiti prestati. Papà, asciutto e nervoso, sciacquava dentro il completo di zio Primo con la cravatta del Sor Gigi, mamma con il capello cotonato alla Mina Mazzini e con il filo di perle e un vecchio vestito premaman che conservava nonna dalla sua ultima gravidanza di pochi anni prima.

Quanto avrei voluto esserci al battesimo di mia sorella Anouk per vederli tutti insieme, i nonni! Chissà cosa si saranno detti! Me lo vedo zio Primo che fa i numeri per armonizzare i vecchi durante il dramma del battesimo... già, perché il nome fortemente voluto da Fritz e Rosa per la loro primogenita era quello dell'attrice protagonista di *Un uomo, una donna* di Claude Lelouch, la bellezza enigmatica di Anouk Aimée. Ed eccola che nasce Anouk con la sua libertà, ma esotica solo nel nome, anzi, nel primo nome. Durante il battesimo alla chiesa Regina Pacis di Ostia quel giorno del '69 il don fu perentorio: «Non esiste una santa Anouk, non possiamo battezzarla!». E anche in questo caso, e per evitare il crepacuore a nonno Gigi, che oltre lo Straniero rischiava di avere anche la prima nipote con il nome strano, e per volontà della figlia, peraltro, la prontezza di zio aveva risolto nuovamente tutto.

«Ma don, il nome completo de 'sta creatura è Anouk Tullia Maria, la battezzi Tullia Maria suvvia, e si' bbono...»

Inutile dirvi che usciti da quella chiesa di Tullia Maria si sono perse le tracce, e la mia sorellona è stata chiamata per tutta la vita Anouk.

Albino

Nonno Gigi era inscindibile dalla sua adorata bicicletta. Scorrazzava per Ostia sulla sua Graziella blu, che amava quasi quanto amava i colori giallorossi della Roma. Che zio Primo tifasse invece per la Lazio, era stato per lui un tradimento filiale che aveva richiesto una complicata e lunga accettazione.

Quand'era nata Anouk, il nonno era andato alla clinichetta del Lido sulla Graziella. E lo stesso aveva fatto quand'era toccato a me venire al mondo.

Ma se la prima gravidanza di mia madre era andata bene, benissimo – Anouk era scivolata via come una saponetta – la seconda era stata laboriosa e complicata.

Ero nato con un parto asciutto, troppe ore dopo la rottura delle acque, e non dovevo essere un bello spettacolo, in quelle prime ore di vita.

Ero pieno di rughe, tipo prugna secca, con un occhio chiuso e con un buco sotto l'ascella causato da una manovra per tirarmi fuori dal ventre materno, ma per di più con una folta, riccia, capigliatura BIANCA.

Ebbene: eccomi mondo, sono Adriano e sono color latte!

La parola albino l'avrei sentita solo molti anni dopo.

L'avrei sentita centinaia, centinaia, centinaia di volte.

Nonno Gigi era venuto a salutare la figlia e lo Straniero, aspettandosi un nipote maschio rosso come lui.

Bianco, no, non avrebbe mai potuto prevederlo. D'altra parte, nessuno poteva. E poi, ironia della sorte, fra tanti proprio ar Sor Bianchi doveva capitare?

Nonno, per camuffare l'imbarazzo e pensando di dire una parola di conforto, amorevole, nonché speranzoso, aveva affermato candido e convinto: «Non ti preoccupare, Rosa, tanto poi cambia!».

Probabilmente mio nonno si vergognava dei propri pensieri. Quel nipote non avrebbe avuto vita facile, e forse neanche la sua famiglia: gli albini, sosteneva nonno Gigi, portano sfortuna.

Sapeva, nonno Gigi, che in alcuni paesi africani come il Malawi o la Tanzania le parti del corpo degli albini vengono usate per riti magici?

Questo non lo so.

So che uscire dalla clinica e realizzare con gli occhi lucidi che gli avevano appena rubato la bicicletta, la sua amata Graziella, aveva avvalorato la sua tesi.

Ero al mondo da sole due ore, e già avevo seminato sventura e scalogna.

Forse era stato per non dare un ulteriore dispiacere a nonno dopo la stramba esperienza di Anouk che avevano deciso per me un nome molto romano come Adriano.

Nonno era molto eccitato all'idea di questo nipote dal nome tanto italiano, tanto romano.

«Avrà tutti i riccetti neri neri e gli occhi scuri scuri come te e me, 'sto bambinone» continuava a ripetere alla figlia Rosa che lievitava a vista d'occhio prima del parto... e invece eccomi, con i miei tre nomi anche io. Adriano Roberto Friedrich: una nuvola in testa e gli occhi color vetro.

Quella notte però portai fortuna a zio Primo che vinse a poker. I soldi sul tavolo erano finiti, e lui si portò via come premio il cucciolo che era a casa del perdente, una cockerina spaniel tutta orecchie.

Fu il suo regalo ai miei genitori per il nuovo nipote. La chiamarono Ghira, e mi avrebbe accompagnato fino alla maggiore età.

Ostiawood

Ero nato con la faccia di un vecchio incartapecorito, ma in un posto magico dove, seppur all'ombra della capitale, splende sempre il sole: a Ostia le palme californiane cominciavano timidamente a contaminare la folta vegetazione marittima di pini. Un po' come quando la signora Wilcox volle piantare agrifogli importati dall'Inghilterra nella piantagione di fichi del marito in California e nacque Hollywood.

Gli agrifogli non attecchirono, ma il nome sì.

Ecco, così successe alla mia Ostia: delle palme c'era solo un vago ricordo, ma aveva attecchito nella mia testa bianca la trasformazione da Ostia in "Ostiawood". Nasceva così la location del film di cui io ero il protagonista, l'eroe. Ostia dai mille riferimenti per la settima arte, set ideale di tante pellicole di successo, eppure il cuore della malavita.

Ostia, culla di importanti progetti firmati da grandi architetti, dalla posta centrale disegnata dal futurista Mazzoni con il suo riferimento all'impluvium della domus romana, al palazzo di piazza Anco Marzio detto «Pappagallo» ispirato agli Hofe, i caseggiati popolari della Vienna socialista che forse per questo facevano particolare simpatia a zia e papà. Ostia, con quel generoso lungomare pieno di iodio che accoglieva sul cemento i villini moderni di Adalberto Libera e l'imponente colonia marittima Vittorio Emanuele III inaugurata dalla regina Elena e sulla sabbia accoglieva tra gli altri il celebre stabilimento balneare Kursaal con il suo iconico trampolino apparso in tanti film e da cui zio si sarà esibito in mille tuffi.

Ecco: tra mare e pineta si ergeva Ostia, che con quella varietà di paesaggi si imponeva come location perfetta per il cinema ma soprattutto per il mio personale film chiamato vita.

Ostia: complice la vicinanza del principale aeroporto nazionale, un coacervo di personale di bordo di compagnie aeree, piloti, ma anche tanti camerieri ad alta quota, steward e hostess, cabin crew proprio come zia Heidi, che Ostia l'aveva proprio scelta, a differenza mia. Un'eroina che ha abbandonato il suo mondo per conquistarne uno sotto il sole.

Ostia, dove la massima aspirazione per molti ex adolescenti era farsi assumere dall'allora Alitalia e spingere un carrellino portavivande in uno stretto corridoio e chiedere, sospesi a mille metri da terra con le gambe gonfie, «tea or coffee?».

Zio Primo diede vita alla seconda coppia mista di Ostia dopo poco sposando Heidi. Ma mentre i miei genitori figliavano come conigli, gli zii invece collezionavano solo aborti spontanei. All'ennesimo tentativo fallito, riversarono il loro amore sul nipote dai capelli strani e sui loro amati cani che mi insegnarono ad amare in maniera incondizionata. Penso che zia non abbia mai superato il fatto di non essersi realizzata al cento per cento come madre e per questo inventò «l'ora felice», un'ora dove io, Anouk, la mia amichetta Barbara e una manciata di altri mocciosi andavamo a fare lavoretti manuali a casa di zia, e lei gioiva nell'avere un esercito di bambini con voci acute a scaldare la casa. Ancora adesso, quando vado a trovare zia nella sua curiosa casa ai confini della pineta e ricca di ritratti in bianco e nero del marito da giovane, vedo alcuni dei lavoretti fatti in quegli anni. L'ora felice era un win-win per tutti, i genitori rifiatavano un attimo, noi davamo sfogo alla nostra fantasia e zia Heidi era felice come una Pasqua nell'avere tutti quei nanetti per casa.

Ultimamente, nelle rare volte che vado a trovarla, oltre a sentire per la centesima volta il racconto di lei appena arrivata a Ostia che ha dovuto subito modificare i suoi usi e costumi (dettati da scelte politiche) per amore di zio Primo rinunciando agli shorts girochiappa e ricominciare a usare il reggiseno, devo sorbirmi il tour delle urne dove puntualmente mia zia fa confusione tra le ceneri di zio e quelle dei cani. Era stata proprio zia Heidi, che trovava sempre delle soluzioni divertenti, a insegnarmi a leggere le lancette dell'orologio, quando a Ostia in quegli anni la dislessia sembrava una parolaccia e lei la cecità della parola la conosceva bene: d'altra parte furono proprio tre diversi medici tedeschi in tre diversi momenti a scoprire e studiare per primi il fenomeno, verso la fine dell'Ottocento.

Una rosa per la mia Rosa

Crescendo al Lido, avevo sviluppato il mito dello zio. Zio Primo, che lavorava nel cinema! Zio Primo, l'uomo più bello di Ostia, e zia Heidi, la donna più bella di Ostia!

Anch'io ho sempre subito il fascino della bellezza sfolgorante, sfacciata.

Tutte le magagne, tutte le meschinerie le avrei scoperte solo dopo.

Zio Primo, colui che non è mai riuscito a chiamarmi Andy, ma con il suo modo indolente sempre «Adrià» alla romana. A me non dispiaceva, ma era un lusso che concedevo solo a zio con cui c'era una certa affinità. Era un lusso reciproco evidentemente, perché allo stesso modo avrebbe potuto tradurre il nome di papà e chiamarlo «Federì» come il suo amato Fellini, ma lo chiamò nella sua breve vita sempre e soltanto «Fritz». Era con lui che mi confidavo, e lui che riportava sempre tutto alla concretezza con quei suoi modi bruschi ma buoni e sempre divertenti. Ricordo che ai tempi delle prime fidanzatine mi chiedeva: «Adrià, ma quando la baci ti viene durello?» oppure: «Adrià, ce l'hai inzuppato er biscotto?» e rideva da solo come se fosse stato un adolescente come me. Ma forse era proprio così in effetti, zio Primo, un eterno bambinone: non ha mai superato quella fase.

Mio padre, per me, era quello che portava tutti i giorni una rosa a mia madre, con la quotidiana battuta «Una rosa per la mia Rosa». Un bell'atto d'amore, ai miei occhi, se non altro perché doveva sempre affrontare quella frase così ricca di erre che per un tedesco non era cosa facile. Mica l'avevo capito che mio padre, archiviato il sogno cinematografico, passando dall'imbianchino al tassista abusivo, aveva trovato lavoro come importatore di rose e di vinili: il grande aeroporto di Fiumicino sfornava anche tanti lavori collegati al traffico di merci oltre che a quello umano. E che mia mamma, forse per via del nome, forse per la ripetitività del dono e della battuta, o forse per quell'erre così gutturale che non la divertiva più, le rose – a differenza degli LP che ascoltava con piacere per scoprire le novità musicali – le detestava ma non aveva il coraggio di dirglielo.

Che il lavoro di zio Primo nel cinema consistesse più che altro nel fare il pappone tra una comparsata irrilevante e l'altra, colui che procurava le marchette ai registi, l'avevo scoperto solo dopo. Come anche il fatto che tollerasse poco le abitudini nordiche di zia Heidi, che non approvasse quelle sue idee moderne tipo andarsene al mare da sola in un costume succinto come una donna di facili costumi.

Quando la zia aveva trovato un lavoro come hostess di terra (figuriamoci se zio le permetteva di volare), zio Primo la pedinava mentre andava a Fiumicino e controllava che non mettesse dei vestiti troppo corti quando non indossava la divisa.

Quando poi lei saliva su un autobus affollato, zio Primo aveva sviluppato un sistema per testare la morigeratezza della germanica sposa. Senza farsi vedere, saliva dall'altro lato dell'autobus, si faceva strada tra la calca, e quando arrivava alle spalle della zia le pizzicava il sedere. Così, per capire come avrebbe reagito alle avances di uno sconosciuto.

Ma tutto questo, appunto, lo avevo capito dopo. Io giocavo con la mia amica Barbara, la figlia della coppia che aveva il chiosco dei cocomeri.

Si chiamava Barbara Bandini: BB come la Bardot, tanto per preconizzare già il mio futuro immerso nel mondo del cinema.

Barbara aveva la classica bambola Barbie, la casa di Barbie e l'ascensore di Barbie. Io portavo Ken, così giocavamo, facevamo merenda, e poi guardavamo la tv. Quest'ultima cosa mi piaceva in particolare, perché a casa di Barbara si prendevano dei canali in più rispetto a quelli canonici della RAI. Come Tv Svizzera, che a casa mia non esisteva.

A entrambi piaceva *Spazio 1999*, in particolare Maya, l'aliena che sapeva trasformarsi in qualunque tipo di animale. Un giorno però ci eravamo imbattuti in una delle cento repliche di una serie che a *Spazio 1999* un po' assomigliava. Si chiamava *Ufo*.

Il comandante Straker, dai capelli chiarissimi e luminescenti anche in quel telefilm in bianco e nero, stava litigando con qualche tenente nella base dello SHADO, quando Barbara si era girata verso di me.

Aveva indicato la mia testa.

E aveva esclamato divertita: «Allora non sei l'unico al mondo che ha i capelli così strani!».

Fantasmino

L'albinismo, dice Google, è una malattia rara ereditaria non degenerativa che colpisce tutti gli esseri vertebrati con un'incidenza media mondiale di circa un caso ogni diciassettemila.

«Un caso ogni diciassettemila» significa che non c'erano altri come me in tutta Ostia.

Mica che poi io avessi otto braccia e quattro teste: l'assenza di pigmentazione mi rendeva solo un po' spettrale. Avevo i capelli del comandante Straker fin dai tempi dell'asilo.

Quando avevo fatto la comunione alla chiesa Regina Pacis indossavo un vestito bianco candido, e non so se sia stata un'anomalia generazionale o un falso ricordo, ma tutti gli altri bambini insieme a me erano mori, con gli occhi scuri, la carnagione scura (insomma, un po' come avrebbe voluto nonno). Tutti, davvero tutti, tranne me. Io, con quel vestito e quei capelli, ero il fantasmino ufficiale della parrocchia.

L'abito che portavo alla comunione era quello che portavano i frati, con tanto di cappuccio. Meglio, pensavo: col cappuccio sulla testa nessuno vedrà i miei singolarissimi capelli.

E invece, appena eravamo entrati in chiesa per ricevere il sacramento, ci avevano fatto scoprire il capo per rispetto al Signore.

Erano veri quegli sguardi che percepivo rivolti ai miei anomali colori, o è un falso ricordo ricostruito in seguito?

So che avrei dato tutto, qualunque cosa per poter rialzare di nuovo quel benedetto cappuccio.

E non sembrare un Calimero al contrario, un brutto anatroccolo destinato alla visibilità forzata.

Poi c'era quel dettaglio del fatto che gli albini, come continuava a pensare nonno Gigi, portavano sfortuna. Il mito doveva essersi diffuso anche tra i miei compagni di classe delle scuole medie.

Lo avrei scoperto a mie spese in un famoso giorno di luglio del 1982.

La sfiga, comunque, la portavo soprattutto a me stesso. Il Pronto Soccorso era diventato un luogo abituale in cui passare le mie giornate.

Il primo contatto con quel gradevole posticino l'avevo avuto grazie a una siringa.

Le siringhe erano il nostro incubo, quando si scendeva a giocare a calcio sotto casa. Io, che ero il più grasso, come tutti i bambini ciccioni ero stato relegato in porta. E buttarsi per prendere un pallone rasoterra voleva dire rischiare di impattare contro un ago seminascosto nell'erbaccia.

O nella sabbia: stavo camminando in spiaggia con i ragnetti di gomma, le mie classiche scarpine da mare blu, quando uno di quegli aghi mi aveva trafitto il piede bucando la gomma.

Quella era stata la prima volta.

E poi c'era stata quell'altra giornata in cui stavo rincorrendo mia sorella che non voleva portare il fratellino dagli amici più grandi: ero scivolato sul fango e mi ero spaccato una palpebra contro il marciapiede.

Avevo citofonato alla mamma, che si era affacciata dall'attico (per me mamma era la regina del palazzo, tutti gli altri inquilini dei piani inferiori erano appunto tali, dei vassalli) e mi aveva visto con una specie di uovo all'occhio di bue in faccia, una pozza di sangue in contrasto col mio aspetto candido.

Al Pronto Soccorso mi avevano ricucito, e poi avevano dovuto ricucirmi tante altre volte. Sì, perché il mio albinismo non aveva comportato solo i colori da fantasmino, ma anche un deficit visivo e una accentuata fotofobia (che porto sunglasses per timidezza o al contrario per darmi un tono da rockstar fa parte del mito, ormai: facciamolo pur credere all'universo mondo). Se c'era da cadere io cadevo, se c'era da prendere un palo io lo prendevo in pieno.

Dopo l'occhio, era stata la volta del mento.

Dopo il mento, la fronte.

Dopo la fronte, il braccio destro ingessato.

Dopo il braccio destro, il polso sinistro.

Nell'81, al cinema Sisto, era uscito *Il marchese del Grillo*. Zio Primo non poteva certo rinunciare a un film del suo amato Alberto Sordi, e quindi aveva convinto tutta la famiglia ad andare al cinema. Solo che, con la sua classica gestione elastica dei tempi, ci aveva fatti arrivare a spettacolo iniziato.

Mi ero addentrato nella sala al buio, ed ero inciampato cadendo rovinosamente giù da una scala.

Mentre i miei genitori mi portavano al consueto Pronto Soccorso, mia sorella se ne rimaneva beata e tranquilla a vedere il film con gli zii. Che suo fratello si fratturasse qualche parte del corpo era un'abitudine ormai quasi noiosa.

Ero tornato al Sisto giusto in tempo per vedere gli ultimi venti minuti. La parte del film in cui il Papa arresta per sbaglio il carbonaio sosia del marchese l'avevo seguita con il gesso al braccio destro.

C'è di buono che in quel periodo in cui non avevo potuto usare la mia mano naturale, avevo imparato a fare le cose con la sinistra.

Sono ambidestro grazie al marchese del Grillo.

O grazie a zio Primo.

O forse sono tutte scuse per non ammettere che sono anche dislessico.

Non so.

Cabrini

Inaugurati gli anni Ottanta da albino cicciotto e ambidestro, avevo raggiunto il massimo della mia fama di portascalogna in un celebre mese di luglio del 1982.

Erano i giorni dei Mondiali di Spagna, e durante le partite il telecronista Nando Martellini era diventato la colonna sonora di Ostia. Le finestre delle case erano tutte aperte per il caldo di quelle torride giornate, in ogni appartamento c'era una tv accesa, e i gol di Paolo Rossi venivano sottolineati da un boato collettivo per le strade.

Una sola cosa speravo: che non si arrivasse a una finale tra Italia e Germania. Per chi tifare, per mamma Rosa o papà Friedrich?

Ma ovviamente, visto che mi portavo sfortuna da solo, il 11 luglio (fosse capitata il 19 mi avrebbe sorpreso di meno: era la famosa giornata nera di nonno) era andata in scena Italia-Germania Ovest. Grazie al cielo le scuole erano chiuse, essendo estate. Altrimenti i compagni delle medie mi avrebbero dato un tormento inesausto e continuo per via del mio sangue tedesco.

Nel pomeriggio della partita avevamo ingannato l'attesa giocando a pallone in uno dei nostri ruvidi spiazzi di cemento. Da portiere mi sentivo Dino Zoff, pronto a una miracolosa parata sulla linea come all'ultimo minuto di Italia-Brasile. Invece, grasso com'ero, ero caduto male. E dov'ero finito? Al Pronto Soccorso, come al solito.

La partita era iniziata, e io ero ancora lì. La voce di Nando Martellini rimbombava nell'aria come quella di Dio sul monte Sinai, e i medici mi guardavano con rimprovero come a dire: "Ma proprio adesso dovevi farti male, stupido albino?".

Ero uscito di corsa verso la metà del primo tempo. C'era un bar lungo la strada, era affollato di persone che guardavano la partita alla tv. Ero arrivato di corsa.

E avevo visto due cose: c'erano svariati compagni delle medie, insieme ai genitori. E al venticinquesimo minuto, sullo zero a zero, il bell'Antonio Cabrini stava tirando un calcio di rigore.

Nel preciso istante in cui irrompevo trafelato dentro il bar, Cabrini pensava bene di calciare malissimo e tirare fuori.

A quel punto c'era stata un'insurrezione popolare.

«Ecco, è arrivato Andy a portare sfiga!» urlava un mio compagno di scuola.

«È tedesco, tifa per la Germania!» urlava un altro.

Ma mica solo i miei coetanei: anche i loro padri, anche degli omaccioni grandi e grossi, anche il barista sbraitava come se avesse voluto linciarmi.

Alla fine, la vittoria dell'Italia l'avevo vista sulla terrazza di casa, sotto le stelle.

Su quella terrazza, quanti ricordi, quante avventure, quanti ospiti, ma quando ero solo anche quanta ingenua curiosità: quella di sbirciare negli appartamenti degli altri, quella di combattere la costante tentazione di buttarsi di sotto per gioco e vedere cosa provavo in quel volo, cosa sentivo in quell'abbandono.

E quando Rossi, Tardelli e Altobelli avevano fatto esplodere Ostia e l'Italia tutta, quando Pertini si era alzato ad applaudire, quando Zoff aveva alzato la coppa, la mia città si preparava a uscire in strada a festeggiare.

C'era stata una gigantesca festa al pontile. C'era andato nonno Gigi con zio Primo, che avevano superato le differenze tra Roma e Lazio in nome dell'azzurro, c'era andata mia madre con mia sorella.

Solo in tre bipedi non avevamo partecipato. Mio padre e zia Heidi, in quanto tedeschi.

E io.

Italiano.

Ma portasfiga.

Mio padre aveva superato la serata bevendo birra. Parecchia birra.

Io, quella serata, non l'avrei superata mai e poi mai. Ma a farmi compagnia c'era sempre la quadrupede Ghira, che continuava a leccarmi e consolarmi a suo modo mentre io cercavo di convincermi che tutto il resto era tale, era resto, era corte, erano vassalli.

Blade Runner

Dietro la chiesa oggi c'è un teatro, ma un tempo era l'arena estiva del mio posto preferito al mondo, negli anni Ottanta: il cinema Cucciolo, il mio rifugio, il mio tempio.

Anche se il primo film della mia vita dovevo averlo visto tra le poltroncine di velluto rosso del Superga in viale della Marina – forse era stato *King Kong*, o forse *Guerre stellari* –, anche se *Rambo* sono certo di averlo visto al Sisto di via dei Romagnoli, tutta la mia iniziazione cinematografica era passata per quella sala di via dei Pallottini.

Così, una domenica pomeriggio di ottobre del 1982, ero andato al Cucciolo a vedere *Blade Runner*. Non avevo capito bene di cosa si trattasse, in verità: credevo che fosse un film di fantascienza un po' più classico e meno autoriale, qualcosa alla *Guerre stellari*. Non mi aspettavo minimamente di trovarmi di fronte a un capolavoro epocale, di vedere la prima delle sette versioni del lungometraggio su Deckard, Roy Batty, Gaff e i suoi origami, nella pioggia perenne su Los Angeles. Ero, a dir poco, incantato.

Ero talmente immerso nella storia e nella colonna sonora di Vangelis, da accorgermi appena di un rumore di fondo.

Dalle ultime file del cinema fin dai primi minuti si era alzato un brusio, accompagnato dai vari «che palle!», «ma è lento!», «ma non succede niente!» di qualcuno che si aspettava, a sua volta, una sorta di fantasy spaziale alla *Guerre stellari* e al posto dei duelli con le spade laser si era imbattuto nelle colonie extramondo e nei test di riconoscimento.

Si erano accese le luci, mi ero alzato, e li avevo riconosciuti.

Erano un gruppetto di sei o sette fra ragazzi e ragazze, con un paio d'anni più di me. Li vedevo radunati fuori dalla gelateria Fabbri, o in spiaggia, o in certe strade che il resto d'Italia ha imparato a conoscere guardando il film di Caligari *Amore tossico*.

La banda si era trascinata sbuffando e mugugnando fuori dal Cucciolo. Non sembravano aver apprezzato il geniale film di Ridley Scott, anzi: sbadigliavano proprio, a mascelle spalancate.

Si erano fermati in branco fuori dal cinema, bofonchiando improperi su quella domenica sprecata a vedere una palla di film superlento e supernoioso.

Ma uno di loro, uno alto con una maglietta azzurro Nazionale, almeno i primi minuti di film doveva averli seguiti con attenzione. Stava dicendo: «Oh, ma all'inizio dicono che i replicanti scappati sono sei! Non so voi, ma io ne ho contati cinque!».

Un altro, un cinghialotto basso e brufoloso, aveva replicato: «Ma come cinque, erano quattro, perché cinque?», e l'azzurro, subito: «Ma tu non ascolti, hanno detto che uno è stato catturato subito! Manca sempre il sesto».

E in quel momento li avevo affiancati io.

Con un pessimo tempismo.

Ridley Scott avrebbe risolto l'incongruenza dei sei replicanti dieci anni dopo nella Director's Cut.

La banda della gelateria Fabbri, invece, l'aveva risolta già a Ostia in una domenica dell'82.

L'azzurro mi aveva visto passare. Si era messo a ridere, mentre io lo scrutavo di sguincio.

Aveva indicato i miei capelli da albino, sovrapponendoli nella sua fantasia teppista a quelli biondi di Rutger Hauer.

E aveva urlato: «Eccolo! È lui! Il sesto replicante! Si era nascosto nel cinema!».

Mi ero allontanato in fretta, mentre mi sghignazzavano dietro: «Replicante! Non scappare, Replicante, tanto muori in fretta!».

E il mio tormento era iniziato.

Sapete quelle insopportabili banalità che si leggono ogni tanto sui social, quei nostalgismi da far cadere gli arti superiori tipo «Se ti ricordi di *Supercar* hai avuto un'infanzia fantastica!», «Altro che *Breaking Bad*, noi sì che abbiamo avuto la fortuna di aver visto *Happy Days*!» e altre melensaggini che significano, in pratica, che noi eravamo adolescenti più felici di quelli di oggi? Come se quella felicità non potesse dipendere dal semplice fatto di avere avuto sedici anni anziché cinquanta, con tutte le preoccupazioni dell'età adulta e del mezzo secolo di vita.

Be', tutti quelli che comunque hanno davvero vissuto la giovinezza in uno stato di beatitudine grazie ad *Hazzard* e all'*A-Team* e *La famiglia Bradford*, semplicemente, non sono stati albini a Ostia negli anni Ottanta.

La banda della gelateria Fabbri aveva iniziato la sua persecuzione quotidiana. Il termine dislessia non era conosciuto, ma non esisteva neanche la parola "bullismo" negli anni Ottanta, i genitori non sporgevano denuncia per maltrattamenti nei confronti del figlioletto adorato. Ragazzate, erano ragazzate: se ti prendevano a sassate urlando «Replicante, stai lontano, Replicante!», se si improvvisavano Deckard e cercavano di disattivarti a cinghiate in sei contro uno – e le ragazze di quel gruppo erano in assoluto le più accanite e crudeli nei miei confronti – non erano atti di violenza, erano ragazzate.

E anche se al Pronto Soccorso guardavano quelle mie nuove contusioni con sospetto, io non osavo accusare la banda dei Persecutori, ma continuavo a inventare storie di incidenti domestici e cadute.

Come una moglie picchiata dal marito, e le sue fantomatiche cadute dalle scale.

I mesi passavano, gli anni passavano. A Sanremo esordiva nell'84 un giovane riccetto di borgata, e sentivo che quella canzone era stata scritta per me. Accanto al cinema Superga, sotto i portici, come probabilmente in tutta Roma erano apparsi dei manifestini con una ragazza con la fascetta in testa di nome Emanuela Orlandi, una ragazza che pareva essere svanita nel nulla, e i Persecutori continuavano a prendersela con me, ma io sognavo sulle note di Eros Ramazzotti «una terra promessa».

In questo modo piacevole, piacevolissimo, adorabile era trascorsa la mia adolescenza.

Starman

Neppure con Barbara, neppure con la mia migliore amica avevo parlato dei Persecutori. Mi vergognavo, e se mi vedeva contuso e malconcio, be', l'ho detto: avevo passato la vita a farmi ricucire o ingessare, era normale.

Barbara era la mia ancora, il mio appoggio.

Una volta mi aveva mostrato la foto di un uomo dai capelli chiarissimi e la pelle pallidissima, immortalato su una rivista.

«Guarda, Andy!» aveva trillato. «Lui è un artista famosissimo, si chiama come te! Andy Warhol!»

Un'altra volta era arrivata con un disco in mano, l'aveva messo sul giradischi, aveva detto: «Andy, ho trovato la canzone adatta a te, parla proprio di te!».

E, con quella sua facilità con le lingue, me l'aveva spiegata mentre il disco girava e una voce profonda e affascinante cantava.

«Parla di un uomo delle stelle che aspetta nel cielo, e quell'uomo vorrebbe venire a incontrarci, ma pensa che potrebbe impressionarci...»

Avevo guardato il disco: era *The Rise and Fall of Ziggy Stardust and the Spiders from Mars* di David Bowie.

E Barbara aveva detto: «Andy, un giorno me ne andrò, un giorno uscirò da Ostia, non posso pensare di vivere qui tutta la vita, me ne andrò in Inghilterra, me ne andrò a New York, non lo so, ma dovunque sarò, in America, in Australia, se sentirò *Starman* penserò subito a te».

Barbara, la mia BB. Come la Bardot ma anche come quella che era diventata la mia icona erotica, Barbara Bouchet.

Nell'universo di quelli che venivano chiamati i soft porno italiani, avevo sempre preferito lei a Edwige Fenech: la Fenech era quella delle infinite docce, la Bouchet quella della vasca da bagno.

I sommovimenti sotto gli slip mi venivano in entrambi i casi, perché gli ormoni sono ormoni e la pubertà vuole sempre la sua parte, ma trovavo molto più interessante e sexy il corpo della Bouchet coperto dalla schiuma, l'approccio elegante, vedere e non vedere, che l'ostentazione della nudità sotto le docce bollenti.

Anche se l'erezione più convinta e rocciosa della

mia fase di risveglio sessuale, altro che durello, me l'aveva provocata la replica di un film del '71 chiamato *Le pistolere*, con l'epica scazzottata tra Brigitte Bardot e Claudia Cardinale, due femmine selvagge, stupende, tutte sudate, con i seni pieni e il fuoco negli occhi.

Io e BB stavamo sempre insieme. Provarono a separarci solo per un breve periodo, ma l'amicizia è più forte di tutto. Successe quando cominciarono a temere che un sesso prevalesse sull'altro e lo portasse dalla sua.

Insomma: giocavo sempre meno a calcio e cazzotti e mi dedicavo sempre più a creare qualcosa di manuale, di artistico, di elegante. Quindi, per evitare di essere complici nella creazione di ciò che oggi chiameremmo fluido, mi mandarono in esilio nella grande Germania. Dagli zii e le cugine in Germania mi sentivo a casa, un'isola felice nella natura dove alimentavo le mie fantasie e mettevo in pratica quel che avevo imparato nei miei adorati manuali delle Giovani Marmotte. In fondo ero passato dalla pineta di Castelfusano dove andavamo a fare i picnic il primo maggio da piccoli borghesi alla Foresta Nera dove sperimentavo il nudismo libero da fricchettoni.

Il primo maggio, come anche la Pasquetta, quella pineta di Castelfusano veniva invasa da comitive di giovani coppie con le rispettive proli che andavano a caccia dell'anfratto più suggestivo dove organizzare barbecue e braciolate. Era qualcosa di molto primitivo e circense allo stesso modo. Era anche l'occasione per fare le prove tecniche per montare le famose tende da campeggio che ci avrebbero ospitato pochi mesi dopo e controllare che tutti i pezzi rispondessero all'appello.

Zia Heidi portava sempre la squisita Bayrischer Kartoffelsalat (temo sapesse cucinare solo quello) e papà arrostiva wurstel sul barbecue mentre il resto della comitiva allestiva veri e propri pranzi di Babette con mille portate. Io e Anouk guardavamo sconsolati i cugini e gli amici deliziarsi tra lasagne, pasticci e ogni ben di Dio... fortunatamente mamma almeno un'insalata di riso e un paio di uova sode riusciva a metterle in piedi. Diciamo che le due cognate avevano in comune lo scarso amore per la cucina, e poco altro. Anzi, erano quasi complementari come due vasi comunicanti: mentre la tedesca si adeguava ai costumi romani sforzandosi di coprirsi, l'italiana faceva l'opposto emulando la cognata e approfittando del marito abituato a quelle libertà e diventando la donna più moderna di Ostia, abbandonò l'acconciatura alla Mina e fece posto a quella stile Fallaci. Mentre le gonne di Heidi si allungavano, quelle di Rosa si accorciavano.

La stessa formazione di un paio di dozzine di bipedi e le stesse dinamiche culinarie si sarebbero replicate di lì a poco per un mese intero d'estate in campeggio.

Quindi in fondo, seppur troppo giovane, sperimentare l'esilio non mi era dispiaciuto. Gli zii crucchi mi viziarono non poco. Forse riponevano in me la loro unica debole speranza (avendo solo figlie femmine) per non far estinguere il cognome Schroeder, ma allo stesso tempo mi introdussero all'approccio steineriano nel seguire le mie inclinazioni. Tornai a Ostia temprato nel corpo da piacevoli bagni nei laghi ghiacciati in costume adamitico e nella mente arricchito da curiosità e volontà nel far succedere le cose, tornavo nella mia Ostia ma con lo spirito dell'innovatore, un giovanissimo uomo che creava cose, non le subiva. Solo anni dopo capii quanto il successo di Lucio Dalla, uscito pochi anni prima, descriveva la mia metamorfosi, la mia voglia di una vita parallela. Il nuovo anno che avrebbe portato una trasformazione, in cui ognuno avrebbe fatto l'amore come gli andava, in cui anche i preti avrebbero potuto sposarsi...

E poi...

2

W

Luce Ferrari

«... *Oceano mare.*»

«Ah» mi riscuoto. «Bella scelta.»

Torno al presente.

Nel mio ufficio, con Diego Amarone, al quale ho chiesto meccanicamente: «Cosa non manca mai nel tuo camerino?», e lui ha risposto che si porta sempre dietro quel vecchio romanzo di Baricco, intanto che io mi perdevo nei miei ricordi dei tempi di Ostia.

«Bene, Diego, ora devo andare a pranzo con Luce Ferrari. Che immagino tu conosca.»

Gli occhi di Diego Amarone si illuminano. «Io non è che la conosco, io la venero.»

Sorrido. «Fai bene.»

Il primo cliente non si scorda mai, e Luce Ferrari è quello, per me: la prima cliente della W, la mia agenzia. La prima attrice che ha accettato di farsi rappresentare da me.

Gli attori hanno qualcosa di rotto dentro e allo stesso tempo qualcosa di innocente e infantile: è quello che li fa diventare unici e iconici. È quella la luminosità che cerco di catturare. È quella sensazione che mi fa empatizzare con loro, e vederli creare qualcosa di straordinario mi emoziona sempre. Come se fossi perennemente in sala d'attesa mentre tua moglie ha le contrazioni e sta partorendo, e nel mentre stai mettendo incinte altre sei donne. Quella sensazione perenne, perché mentre un attore fa un goal importante nella sua carriera vivi parallelamente anche la sensazione di quelli che stanno lottando per avere il loro posto fra le stelle.

Quella luminosità che ho provato vedendo Luce nel 1991. Nomen omen.

Che sensazione stupenda! Sono certo che succederà di nuovo.

Deve esistere una nuova Luce Ferrari da qualche parte nel mondo.

Ricorderete tutti quella trasmissione molto popolare negli anni Novanta che chiamerò, giusto per evitare il nome vero, *Mai dire mai*. E tutti ricorderete che era animata da ragazze giovanissime che cantavano e ballavano, alcune avviate a un brillante futuro, altre destinate a riguardarsi le repliche notturne sospirando e portando avanti una vita adulta anonima e delusa.

Pochi rammentano che, insieme alle ragazze, in certe occasioni, c'erano pochi e ben selezionati boys. Dei modelli. Come me.

I miei capelli e il mio incarnato da Starman, da Andy Warhol, da Replicante, spiccavano bene in quel variopinto carrozzone di lolite. Abbastanza da farmi partecipare al Capodanno 1991 targato *Mai dire mai*, più di due ore di canzoni, balletti, scenette, giochi e gag.

Allora, in quell'ultimo giorno del '91 stavo camminando in un corridoio del Centro Palatino per andare al trucco, e l'avevo vista.

Quella bambina che stava rilasciando un'intervista era l'interprete di uno spot anni Ottanta, quello del gelato Mr. Freeze. E se pensate che non si possa risultare bravissime dicendo semplicemente «Brrrrr... Freeeeze!», si vede che non ricordate molto bene quella pubblicità con la piccola Luce Sinistra ai suoi esordi.

(Sì, è il suo vero nome. Sembrerebbe un nome d'arte, ma il nome d'arte in verità è Luce Ferrari.)

Uscito dal trucco l'avevo rivista con i suoi genitori, che non la stavano calcolando minimamente. Sembravano usciti da *Bellissima* con Anna Magnani, e il fatto che la figlia si annoiasse visibilmente pareva non riguardarli.

A un certo punto Luce aveva alzato gli occhi verso di me, e aveva detto, testualmente: «Wow, tu hai dei capelli straordinari!».

E così, mentre gli altri modelli facevano il filo alle ragazze di *Mai dire mai* – ragazze che, come dire, erano animate da un sacro fuoco un po' innaturale, caricate a molla forse con qualche aiutino in polvere –, io avevo aspettato il momento di entrare in studio giocando a carte con Luce Sinistra.

In tanti ricorderanno la sua apparizione nello show di quella sera, le due canzoni che aveva cantato, quella di Whitney Houston, quella di Barbra Streisand, la sua immagine pubblica da Shirley Temple italiana.

Ebbene: forse per fedeltà al cognome di origine, posso assicurarvi che era molto più simile a Mercoledì Addams, come carattere.

Quella sera mi ero scambiato i contatti con i suoi genitori.

E dieci anni dopo, quando avevo aperto l'agenzia, Luce era stata la prima che avevo contattato.

Se adesso avete in mente i tanti film in cui Luce Ferrari interpreta uno dei suoi vari personaggi impegnati e sofferti, e se avete dimenticato gli orribili spot e le tremende serie televisive in cui appariva la bambina prodigio Luce Sinistra, è un po' anche merito mio. Se quasi tutti i registi se la contendono per i loro film e nessuno ricorda più l'antipatica e saccente nipotina dello sceneggiato *Nonno Remi-*

gio indaga, è merito suo, certo, ma anche mio. E me ne vanto.

Tra l'altro, vedendo il suo fisico diafano, tutti pensano che Luce si nutra solo di miglio, bacche e foglie d'insalata, quando invece, ve lo assicuro, mangia come un carrettiere.

La carta di credito con cui pago il conto al ristorante quando vado a pranzo con lei può garantirlo.

L'unica persona al mondo che aveva un cognome singolare e che l'ha rimpiazzato con uno che richiama a trionfi sportivi, certo, ma decisamente più ordinario, sta divorando voracemente la sua gricia.

In una pausa di masticazione, Luce Ferrari dice: «Allora, Andy, cosa vuol dire che hai una notizia buona e una valutabile? Vuol dire cattiva ma non troppo?».

«Vuol dire che mi devo consultare con te per accettare.»

«Sentiamo. Stiamo parlando di *Ninfee nere* o del remake di *Fargo*?»

«Di entrambe le cose. Partiamo da *Ninfee nere*.»

«Okay... a proposito, ho letto il romanzo di Michel Bussi. Due volte. Il colpo di scena è strepitoso. E ora so tutto su Monet.»

«Perfetto. Allora, senti qua: sei piaciuta talmente tanto che ti cambiano ruolo.»

«Non interpreto più la moglie dell'oftalmologo?»

«Fai di meglio: la maestrina che fa perdere la testa all'ispettore. Sei Stéphanie.»

Sorride. «Ci speravo. Che bel personaggio, con quel marito spaventoso eppure così innamorato. Mi ha ricordato Tom Buchanan del *Grande Gatsby*, ma con quella leggera sfumatura omicida in più...»

«A proposito, come procede lo studio del francese?»

«A meraviglia. Il francese è facile. Sto imparando anche l'accento della Normandia.»

«Se continui di questo passo, il tuo idolo lo supererai!»

(Sì, perché Luce è completamente ossessionata da una collega. Anzi: DALLA collega.

Monica Vitti?

Eleonora Duse?

No, più contemporanea: Luce ha una totale venerazione per Alba Rohrwacher.)

«Andy, la smetti di prendermi in giro? E per favore, porta rispetto a Santa Alba, protettrice delle attrici di cinema! Sei solo invidioso perché non è in W.»

«Obbedisco. Tornando a noi: come ricorderai, subito dopo la fine delle riprese avresti dovuto iniziare il remake italiano di *Fargo*.»

«Sì, certo. Con tre giorni di pausa tra un progetto e l'altro.»

«Ecco. Solo che i tre giorni di pausa non esistono più. Anzi...»

«Ah, aspetta, fammi indovinare: Stéphanie ha molte più scene della moglie dell'oftalmologo.»

«Esatto. Il che vuol dire una settimana in più sul set di *Ninfee nere*. Il che vuol dire accavallarsi con l'inizio di *Fargo*. E siccome in *Fargo* sei la protagonista, sei la nostra Frances McDormand, le riprese si accavalleranno un po'. Ora, visto che si gira in Val d'Aosta, vuol dire fare un po' avanti e indietro per qualche giorno, organizzandosi bene per le scene. Te la senti?»

Alza le spalle. «Andy. Se Claudia Cardinale ha girato allo stesso tempo *Il gattopardo* e *8½*, cosa vuoi che sia passare una settimana tra la Normandia e la Val d'Aosta? Mi darà più fastidio il pancione finto.»

«Eh, be', è la caratteristica principale della poliziotta. Neanche Frances McDormand era incinta veramente.»

«Guarda, se non avessi avuto *Ninfee nere* da girare, avrei fatto in modo di essere incinta al settimo mese sul serio, all'inizio di *Fargo*. Sarebbe stato più realistico.»

«Stai scherzando?»

«No. Meglio un bambino vero del pancione finto. Be', cosa ordiniamo adesso? Io ho ancora fame. Coniglio?»

Più tardi, mentre sta sbranando il suo coniglio, dice: «Ah, ho visto *Asteroid City*».

«Io non ancora. Com'è?»

«Wes Anderson è sempre un genio. Sei d'accordo?»

«Certo. Un genio totale.»

«Quanto mi piacerebbe farmi dirigere da lui! Prima o poi, magari...»

«Ci penso io. Ora ci arriviamo.»

E poi parliamo degli ultimi mercatini che abbiamo visitato, la passione che da sempre ci unisce.

Vera Bellini

La sera devo incontrare la seconda attrice di questa giornata, e, devo dire, è sempre una delle più belle visioni di cui occhi umani possano godere.

Vera Bellini è uno splendore assoluto. Sapete quelle attrici che sono meravigliose viste al cinema o in tv e poi dal vivo sembrano una loro versione provvisoria? Vera è il contrario: riesce a bucare lo schermo anche se non c'è uno schermo. Buca l'aria, per quanto è bella. È come Elodie incrociata a Sophia Loren nel 1969. Ma con qualcosa di Marilyn Monroe, anche.

Stasera mi ha invitato a cena, a casa sua, ovviamente, perché vuole aver sotto controllo tutto, e si fida molto di più dei suoi simpaticissimi domestici e della sua meravigliosa cuoca che di qualunque ristorante stellato. Ma non è una di quelle maniache del controllo psicotiche e dittatoriali che sbraitano ordini a destra e sinistra: no, lei vuole solo che il suo ospite, in questo caso il suo agente, si trovi bene e a suo agio a casa sua, e tutti, in casa sua, la adorano.

Com'è giusto che sia: una dea va soltanto adorata.

Vera Bellini è una donna di trentacinque anni, e dico donna anziché attrice non a caso. Nomen omen, pure lei: è Vera di nome e di fatto.

Rispetto a tante sue colleghe, è una persona concreta pur essendo un'attrice di successo. Ma Vera ci tiene a questo concetto: prima la vita, poi il lavoro.

«Andy» mi dice sempre «a me quelle colleghe che non riescono a uscire dal personaggio, guarda, mi mettono, non so, un po' di allegria e un po' di tristezza, sai?»

A vederla adesso, nella sua splendida casa, con la sua splendida famiglia, con il suo splendido sorriso, non si direbbe mai che sia nata in una zona di Napoli che sarebbe stata bene in qualche episodio di *Gomorra*. Una famiglia lontanissima da qualsiasi vocazione artistica, la mancanza di soldi come elemento primario di ogni giornata, un destino da zingarella selvatica, eppure già allora Vera aveva previsto il suo futuro da diva del cinema. In fondo anche Sophia Loren era cresciuta a Pozzuoli senza un soldo e partendo da lì aveva conquistato il mondo, no?

Lei aveva deciso: quando aveva iniziato a farsi notare nei concorsi di bellezza, su quelle passerelle in cui l'avevo conosciuta, aveva pianificato la sua vita punto dopo punto.

Si sarebbe laureata entro i ventiquattro anni, perché, dice sempre, «Andy, l'istruzione è la prima cosa, l'ignoranza è il primo virus che dobbiamo debellare».

Poi: un matrimonio d'amore vero entro i venticinque.

Tre figli entro i trentatré.

Tre film campioni d'incasso entro i trentacinque.

Due premi importanti prima dei cinquanta.

Rendita artistica nella seconda fase della carriera.

Un'autobiografia entro i sessanta.

Be', indovinate? Ha sbagliato solo il numero dei figli, poiché ne ha quattro. Ma siccome due sono gemelli, lei sostiene che non ha sbagliato: lei aveva previsto tre gravidanze, e i gemelli valgono per uno. E sta mantenendo un'altra promessa che si era fatta: i miei figli non dovranno passare per una vita di sacrifici come me. Mai e poi mai.

Suo marito è l'uomo più paziente e più innamorato della storia dell'universo. E se per le cronache è il principe consorte, pazienza.

Per i due premi, ha quindici anni di tempo.

E per l'autobiografia, sta già raccogliendo il materiale.

Nell'autobiografia, suppongo, ci sarà anche il nostro primo incontro. Ero in giuria a Miss Litorale, e ho visto sfilare questa creatura sovrannaturale, questa

Doris Day che incontrava Carré Otis. Una ragazza con tutto al posto giusto grazie alla natura, alla faccia del Nipple Bra della Kardashian. Mi aveva stregato al primo sguardo.

Venire dalla moda come lei significa essere rigorosi, superpuntuali, superorganizzati. Riesce a gestire carriera e famiglia senza stress, in modo fluido e naturale.

Con Vera mi diverto tanto, perché conosco bene la sua vera natura. Sì, Vera mantiene sempre la calma, è molto controllata, fine ed elegante, si veste con tonalità pastello, ma in realtà è una bellezza animalesca e selvaggia costretta in un rigore borghese.

Quando qualcosa non le piace o non la convince, se ne esce con dei fuorionda in napoletano verace che ricordano al mondo il posto in cui è cresciuta. Ho la fortuna di essere spesso l'unico spettatore di questi behind the scenes, perché con me non ha paura di farsi vedere un po' fuori dal personaggio che si è costruita negli anni, tappa dopo tappa. Se volete scoprire quante parole ci sono nel suo vernacolo locale per dire "persona falsa e scorretta", diciamo così, ascoltate le esplosioni di Vera e lo scoprirete.

Vera è una donna realizzata, che vive e conosce il mondo che la circonda. Alcune sue colleghe riversano nei film l'amore che Vera, per fortuna, può invece donare alla sua famiglia.

Ha un sogno nel cassetto artistico e sta studiando

al massimo per realizzarlo: ridare dignità a tutte quelle colleghe sfortunate, le tante Veronika Lake che hanno raggiunto il successo velocemente e sono morte giovani e alcolizzate o suicide e comunque mai capite. Donne malate (nel caso della Lake, schizofrenica) che hanno subito la violenza dello showbiz, che hanno collezionato matrimoni sbagliati e a cui hanno portato via i figli.

È una brava attrice perché è una VERA donna! Averne un'altra come lei in scuderia ma con la metà degli anni sarebbe la perfezione...

Sarà la mia indole nostalgica, ma oggi intorno vedo solo piattume, banalità. Queste ragazze sono tutte uguali e recitano tutte nello stesso modo!

Ora, a tavola, Vera mi sta parlando con tanto entusiasmo del film che presenteremo a Venezia, di questo ruolo da protagonista che tanto ha amato interpretare. Poi commentiamo un po' *Chi l'ha visto?*, una nostra insana passione comune, e dopo parliamo degli ultimi film che sono usciti, come sempre facciamo.

«... per esempio, Andy, lo hai visto *Asteroid City*?»

«Non ancora. Com'è?»

«Orribile. Vuoto. Inutile. Ma del resto cosa mi aspettavo? Wes Anderson è il regista più sopravvalutato del mondo. Sei d'accordo?»

«Certo. Come potrei non esserlo?»

Sì, mi rendo conto. Vedendomi dall'esterno, si potrebbe dire che ho espresso due opinioni opposte sul medesimo regista nella stessa giornata.

Ma non è così: non me ne importa nulla di Wes Anderson, almeno fino a quando qualcuna delle mie attrici o qualcuno dei miei attori non avrà un ruolo nei suoi film.

Ho solo dato ragione a due persone care.

Andrò all'inferno per questo?

In fondo ho le idee confuse anche su tante altre cose.

Prendiamo la metro, per esempio. Non si può negare che la si può e la si deve amare per i suoi benefici sull'ecosistema e sul portafogli, ma allo stesso tempo non si può non disprezzarla per gli odori pittoreschi e l'affollamento esagerato in alcune particolari fasce orarie.

Che male c'è a cambiare idea? Basta vivere il presente ed essere convinti dell'idea di quel momento. Deve essere sempre tutto bianco o tutto nero? E poi, il bianco non raccoglie tutti i colori?

Considerando questo mocio che mi ritrovo in testa dovrei usarla più spesso, questa cosa dei colori. Fa un certo effetto ma me la scordo puntualmente!

D'altra parte, mi ricordo di essere albino solo quando mi rifletto negli sguardi altrui.

Comunque, essere una puttana comprende anche un abile uso nella costruzione delle frasi. Se sulla stessa cosa puoi esprimere pregi e difetti, dipende cosa metti prima e cosa metti dopo.

Quando mi trovo a conversare in un contesto green, moderno, ecologista, dico: «Certo, la metro ha tutti i problemi che volete, è superaffollata, è sempre in ritardo, e poi è infestata dal dramma della gente che non si lava...», e qui in genere parte una risatina solidale, perché va bene essere green, ma la puzza d'ascella fa schifo a tutti, «... però volete mettere il bagno di umanità, uno studio antropologico. I discorsi impagabili che si intercettano nei vagoni dove specie a Roma nessuno ne fa segreto, e anzi quel tono di voce molto presente fa così folk e pittoresco, quasi una recita di cui ti vogliono rendere partecipe, un posto in poltronissima e senza pagare il biglietto. Vogliamo parlare dell'impatto positivo che ha sull'ambiente?».

Difetti + Pregi.

Se invece mi trovo in un contesto conservatore, da taxi forever, da Uber forever, da auto sotto il culo sempre e comunque, dico: «Ah, sì, certo, la metro non inquina e, per carità, l'inquinamento è un problema globale che non possiamo certo trascurare», e qui tutti quanti fanno un "Sì, sì" automatico, anche annuendo con gesti minimi della testa, «però, porca miseria, è sempre in ritardo, è una scatola di sardine, ti tocca sentire i discorsi delle persone e a Roma, diciamocelo, regna questa malsana abitudine di parlare un paio di decibel più alti della norma. Se devi dire una cosa al tuo vicino, perché lavori di diaframma, porti la voce e strilli come se ti dovesse sentire l'ultima fila del teatro? La discrezione che fine ha fatto? Poi, santo cielo, la gente non si lava!».

Pregi + Difetti.

Visto? Basta spostare l'ordine degli addendi. Non mi tocca neanche approvare due pareri del tutto opposti come su *Asteroid City*.

E se questo trucchetto posso esercitarlo su oggetti inanimati come la metropolitana di Roma, figurarsi se non lo faccio con le persone.

Andy la Puttana

C'era il grande William Macy, attore di *Fargo* ma soprattutto interprete di Frank Gallagher nella serie *Shameless* versione USA, che a un certo punto pronuncia in questa veste una memorabile battuta: «Io sono quello che devo essere nell'esatto momento in cui c'è bisogno che lo sia».

Ecco: mi ci riconosco molto, anche se lui è un po' più sordido e io, magari, mi limito a fornire pareri opposti su Wes Anderson.

Questa mia attitudine un pochino, come dice Barbara, da puttana, nasce sul finire degli anni Ottanta. Grazie a lei.

Barbara, ritrovata subito dopo la breve pausa forzata che non aveva portato a nessun risultato sperato, aveva il foglio rosa da due settimane, e una Panda a disposizione. «Per cui, caro Andy, con la mia

Panda andremo alla festa di carnevale di mia cugina a Roma.»

Avevo provato a obiettare. «Aspetta. Roma dove? Roma è grande.»

«Che t'importa, Andy? Guido io. È fondamentale sapere dov'è di preciso?»

«Non so, Barbie, guidare a Roma non è come guidare a Ostia, sei sicura di...»

«Tesoro, ascolta. Quando avrai la patente, deciderai tu dove andare e dove non andare. Qui, invece, dovrai solo sederti nel sedile del passeggero e stare zitto. E adesso ti dirò come ci vestiremo per la festa.»

Oh, l'impegno che ci aveva messo per farci fare bella figura!

Lei si era tramutata in una perfetta Anna Oxa con il suo look androgino punk dei tempi di *Un'emozione da poco* a Sanremo. E io, grazie a qualche vestito di un suo elegantissimo zio, una parrucca e un'ora di trucco, ero diventato David Bowie nel video di *Life on Mars?* Mi ero guardato allo specchio, e non mi ero mai visto così bello.

Anche gli invitati alla festa di carnevale mi avevano visto bello, con tutta evidenza. Col mio look alla David Bowie '73 impersonavo perfettamente quell'altro verso di *Rebel Rebel*, un'altra canzone che a me e Barbara piaceva tanto, «*She's not sure if you're a boy or a girl*»...

Per tutta la sera mi avevano orbitato intorno in egual modo ragazzi e ragazze, e quasi senza accorgermene io avevo modulato il tono, l'atteggiamento, il linguaggio del corpo in modo diverso a seconda dell'approccio delle varie parti.

Quella sera ero diventato Andy la Puttana, come mi chiamava la mia BB con tutto l'affetto del mondo.

Il più grande sostenitore di Wes Anderson? Il più grande nemico di Wes Anderson?

Non importa. Saprei anche sostenere una conversazione sull'argomento con Luce Ferrari e Vera Bellini insieme, e trovare una posizione comune rassicurante.

Quella notte, a quella festa, ho imparato a essere sempre quel che gli altri vogliono che io sia.

La W

Succede alla metà delle persone. Che dico metà? Due terzi. Mi sbilancio: il novanta per cento.

Il novanta per cento delle persone, il lunedì mattina – ma anche il martedì, il mercoledì, il giovedì – esce dal letto e piange interiormente, perché deve andare a lavorare.

Mi viene sempre in mente quella storiella di quello che nel letto sotto il piumone fa i capricci perché non vuole andare a scuola e la mamma prima prova a convincerlo con le buone e poi stanca, esacerbata da quella routine quotidiana, perde la pazienza e dice: «Alzati, i tuoi studenti ti stanno aspettando!».

Lo stipendio serve a tutti, mangiare e pagare le bollette sono necessità di sopravvivenza, e allora ci si infila nel traffico di Roma o si prendono i mezzi, già pieni di odio per il mondo, pronti a trascorrere otto terribili ore della propria vita, con infiniti lustri davanti prima di poter approdare alla pensione e poi, di lì a poco, invecchiare, ammalarsi, sfiorire, morire. Questa grigiastra realtà la vedi negli occhi dell'automobilista che ti trasmette con lo sguardo "Ieri ha perso la Roma, non mi rivolgere la parola", della donna alla fermata dell'autobus che sta pensando "Oggi il mio collega imbecille lo ammazzo, vado in galera ma è giusto così".

E invece io, il lunedì mattina, fischietto David Bowie, *All the Young Dudes*, perché sono felice di andare alla W. Non che la domenica non abbia lavorato – figurarsi, io mica timbro il cartellino in entrata e in uscita, non esiste davvero la domenica, per me – ma oggi vado in agenzia e rivedo tutta la mia squadra, che è bella fibrillante con quel friccicorino e quello spirito da sturm und drang che sempre precede Venezia, il festival di Venezia, il festival di Venezia in cui saranno protagonisti quattro dei miei pupilli, quattro stelline targate W, e allora fischietto «*All the young dudes / carry the news / Boogaloo dudes / carry the news*» ed entro alla W.

Ho varcato la soglia da cinque secondi e già sento Veronica che mi dice: «Amore, per il pezzo su Diego Amarone tutto a posto, non c'è voluto niente, ho solo sussurrato al telefono: "Amore, ti ricordi quel pezzo esclusivo su Vera Bellini, ecco, te lo scordi se non scrivi due righe per incensare l'evidente talento di Diego Amarone". Indovina? Hanno detto subito di sì».

«Grande Veronica» sorrido.

Veronica, secondo me, non conosce il nome di battesimo di nessuno di noi. Del resto, a cosa serve impararsi un po' di nomi, Andy, Orazio, Roberta, quando tanto chiami tutti «amore»? Il lessico di Veronica è un po' ABC, diciamo, ma dove la gente normale mette le virgole lei ci mette «amore».

Della W, lei è l'ufficio stampa schiacciasassi. Tra una nuvola di fumo e l'altra delle sue sigarette autorigeneranti, perché appena ne ha finita una miracolosamente tra le sue dita se n'è formata un'altra – io non la vedo neppure estrarne una dal pacchetto, per me conosce la prestidigitazione, le fa apparire –, tra un «amore» e l'altro, ti vende sempre e dico sempre i nostri attori nelle testate più prestigiose e intervistati dalle firme più famose. Sarà che è logorroica al punto da indurre i colleghi alla fuga, ma se facesse l'agente immobiliare ti venderebbe senza problemi un sottoscala a Spinaceto facendotelo pagare come un attico con vista su piazza di Spagna.

E poi, Veronica sa prendere un personaggio dal fango e modellarlo in oro con poche, semplici mosse.

L'anno scorso mi si era proposto un – diciamo – attore che avrebbe potuto al massimo interpretare Big Jim, il noto modellino snodabile, visto che aveva dei pettorali perfetti, una muscolatura invidiabile, ma quando provava a recitare – in dizione perfetta, almeno quella – sembrava la voce registrata al casello automatico dell'autostrada e con l'espressività di Pozzetto nella famosa scena di *Sono fotogenico* quando deve mostrare tutta la sua gamma di espressioni, innamorato, spaventato, arrabbiato e fa sempre la stessa faccia.

Be', ovviamente Big Jim non è entrato alla W, ma se in un momento di follia e smarrimento mentale lo avessi preso, Veronica gli avrebbe detto: «Amore, adesso ti faccio diventare DiCaprio», e sarebbe riuscita a spacciarlo per un Buster Keaton capace di rendere mille sfumature con una voluta fissità facciale dalla voce, un attore capace di rendere ogni emozione umana grazie alla sua studiatissima recitazione monotonale.

Io e Veronica siamo il Gatto e la Volpe, in pratica.

Lei è un po', come dire, una parvenu: ha quarant'anni, è orgogliosa di quello che fa e si gode l'invidia degli altri uffici stampa. Le piace ostentare tutto quel che è di marca e di lusso. E la W, per Veronica, è un punto d'arrivo.

È giusto un pelo incartapecorita, tra le sigarette che fuma e l'abbronzatura perenne. Come quella tizia assurda di *Tutti pazzi per Mary*.

Prima di sparire sul balcone per fumarsi una sigaretta, esclama: «Orazio, ricorda ad Andy l'appuntamento con Berto Martini, grazie».

Potrebbe farlo lei, già che ha introdotto l'argomento, ma dall'ufficio è appena uscito Orazio e gli appuntamenti, come sempre, me li deve ricordare lui.

«Andy, oggi sei a pranzo con Berto Martini, ti ricordi, vero?»

«Sì, ma adesso che me lo avete ricordato in due me lo ricordo ancora meglio, grazie, Daniele carissimo.»

«Prego, capo. Comunque mi chiamo sempre Orazio.»

«Scusa, Orazio.»

Non ce la posso fare: il mio p.a., personal assistant, si chiama Orazio Danieli, ma per me è Daniele.

A lui piace un po' chiamarmi «capo», tipo Jimmy Olsen, l'amico di Superman. Del resto, Orazio/Daniele sembra appena uscito da un fumetto, sembra che sia passato dalle due dimensioni della pagina alle tre dimensioni della W, e che dopo un primo momento di smarrimento si sia lisciato il gilet con le mani e si sia rimesso al lavoro.

Lui è il delfino del re, dove il re, chiaramente, sono io.

Immaginate Peter Sellers con la R moscia, vestito con uno stile di moda che ha un solo rappresentante al mondo: lui. Il suo look è come il Negroni sbagliato, un mix di elementi a caso che, assurdamente, funzionano insieme... eccome se funzionano!

Se c'è un manuale con la voce "Fidato assistente",

sotto c'è la foto di Orazio Danieli. Non solo conosce il pin delle mie carte di credito, ma anche le password dei siti porno che io dimentico regolarmente.

È così in gamba che prima o poi, lo sento, spiccherà il volo e diventerà agente in proprio. È partito da stagista, ora è un gradino sotto il Trono, ma qui dentro non ha speranze. Ogni volta che cerca di essere autonomo e di suggerire strategie agli attori, si sente ripetere l'inevitabile litania: «Ma Andy che dice?», «Andy che ne pensa?».

Per forza: W si legge «double U», le due A rovesciate di Andy Agency, le due Y sempre di Andy Agency, chi entra alla W vuole essere seguito solo da me, ma intanto Orazio assorbe tutto e impara il mestiere.

Ma intanto gli piace essere il mio D1.

Sì, perché visto che lui lo chiamo Daniele, c'è anche D2: Dolores, la seconda assistente. Detta Dolo, in senso di danno giuridico. O Dolore, che è quello che si procura ogni volta che sbatte contro qualcosa o dà testate perché le è caduto qualcosa e tira craniate per raccoglierlo, perché cerca di fare mille cose insieme in preda all'entusiasmo.

Ha ventisette anni e sta con noi da quando ne aveva ventitré: in pratica si è laureata al Dams, e due minuti dopo era già alla W.

È italiana di seconda generazione, con i genitori venezuelani che hanno fatto i classici mille sacrifici per farla studiare. E lei ha ricambiato laureandosi in tempo, trovando un lavoro a tempi di record, ed è una di quelle che rientrano nel dieci per cento: il lunedì deve prendere quel mezzo ecologico che ama prendere anche il sottoscritto quando non paga la W – anche detta «La Spaventosa Metro B» –, intrupparsi tra le porte e la gente sudacchiata che allunga le mani sulle ventisettenni carine. E lo fa volentieri, perché ama essere alla W, ama quel che fa, è sempre felice e sorridente, e quando ci sono i peggiori momenti di stress in agenzia – perché, nonostante tutto non è che un'agenzia come la nostra sia Barbieland dalla mattina alla sera – lei ci fa sorridere. E il suo sorriso, lo si capisce subito, significa: "Lavoro alla W, che bello, lavoro alla W, non ci posso credere, sono passati quattro anni ma ancora non ci credo".

Quando invita i suoi genitori alle prime, e loro arrivano tutti ben vestiti ed emozionati, è così raggiante che addirittura brilla.

D1 e D2 hanno un rapporto che in altri contesti potrei definire sadomaso: Daniele la tratta male, le urla dietro, la carica di lavoro che Dolores porta a casa, e lei lo adora.

«Lo sai che lo faccio per farla crescere, vero, Andy?» mi dice Daniele per giustificare le sue angherie. E io annuisco, perché tanto Dolores è contenta.

E allora, se sono contenti tutti, che problema c'è?

In un'agenzia che si chiama Double-U, abbiamo tutto doppio. O quasi.

Ci sono le due D, e ci sono le due Roberta.

Sarebbero Roberta giovane e Roberta meno giovane, avvocatessa la prima, Amministrazione la seconda.

Roberta dell'Amministrazione è la mia più antica collaboratrice: ha cinque anni più di me, è entrata in agenzia quando ancora i pagamenti avvenivano un po' in lire e un po' in euro, nel momento di passaggio, ma nonostante sia con me da più di un ventennio ci diamo ancora rigorosamente del lei, come Fantozzi e la signorina Silvani.

Lei ama essere la regina del suo settore, e io amo farla sentire così: cura i conti, le entrate, le uscite, i puntuali pagamenti, i bonifici da sollecitare. Ha l'aria da severa preside zitella del collegio, con un'eleganza un po' formale, da camicette di seta, fiera del filo di perle – il mio regalo per il decimo anniversario di lavoro insieme – e del suo Rolex che è sempre un mio regalo, stavolta per il ventennale.

Roberta non ha una famiglia, una relazione – che si sappia, quantomeno –, non penso abbia figli né animali domestici, ma ha comunque una vita al di fuori della W sulla quale conserva il più rigido riserbo. Appena provo a valicare quel confine, lei mi risponde: «Scusi, ma noi abbiamo mai mangiato insieme?». Della serie: "Cosa sono tutte queste confidenze?".

Noi in agenzia non abbiamo orari, una riunione non è mai troppo presto o troppo tardi, una situazione si può risolvere alle sette del mattino come a mezzanotte, ma Roberta no, lei alle diciassette il suo lavoro lo ha finito e se ne va.

«Alle cinque mi scatta il cut-off!» dice lei, come l'orario massimo per il trattamento dei bonifici.

Non è che sorrida molto, Roberta, fedele al suo ruolo da Rottenmeier dell'Amministrazione. Però, quando alle diciassette in punto le cade la penna, qualcuno di noi mette a tutto volume la canzone di Dolly Parton *9 to 5*, che faceva da colonna sonora al film del 1980 *Dalle 9 alle 5... orario continuato*.

E Roberta, che di quel film si sente molto più Jane Fonda/Judy che l'ingenua Dolly Parton/Doralee, sorride e si sente amata.

Un po' ci fa paura.

E un po' la amiamo.

Il problema della doppia Roberta lo abbiamo aggirato: Roberta giovane è diventata Robertina e da lì, con un semplice passaggio, Tina. Il versante legale della W.

Sapete quella canzone che tradotta dice «sarai la mia Giulietta, sarò il tuo Romeo», ecco, io e Tina ci cantiamo a vicenda «sarai la mia Sandra, sarò il tuo Raimondo», perché a forza di lavorare sui contratti sembriamo una litigiosa ma indistruttibile coppia di fatto.

Ogni tanto recitiamo anche la parte in modo casto perché, se c'è da far colpo a una cena di lavoro io vado sul sicuro: mi porto dietro Tina, che conquista tutti con classe, cultura ed eleganza. È una fashion victim totale, romana dal cuore milanese, la Ferragni dei tribunali, l'unica che ascolta veramente affascinata i racconti e i segreti della mia fase da modello tra gli anni Ottanta e Novanta. Beve solo vodka soda da quando una volta le ho confidato che è la bevanda delle modelle perché contiene poche calorie, tuffa il viso per tonificarlo in una ciotola piena di ghiaccio prima di ogni appuntamento importante come se dovesse affrontare il più importante shooting fotografico e mette la crema per le emorroidi per attenuare le sue belle borse sotto gli occhi stile Anna Magnani.

Se in agenzia ci vedono uscire insieme tutti in tiro, il coro classico è «George, Amal, dove andate a far danni?», perché c'è il momento di essere Sandra e Raimondo e il momento di essere Amal e George Clooney.

Questa è l'imbattibile squadra della W. Sì, sono un sognatore ma anche un manager del cinema, certo, lo riconosco, non propriamente un colletto bianco, ma pur sempre un manager che smuove milioni.

E quindi a me il compito di dirigere questa stramba Armata Brancaleone. E volteggiare leggiadro nell'ufficio in cui Orazio e Dolores stanno come al solito battibeccando, per vedere che problema devo risolvere questa mattina.

«Daniele, Daniele carissimo, perché maltratti la nostra Dolo in questo bel giorno di sole?»

Orazio non mi corregge neppure. «Non viene a Venezia.»

«Non è vero» si affretta a dire lei.

«Vieni a Venezia o non vieni a Venezia?» domando.

«Vengo a Venezia un giorno dopo di voi. Tutto qui.»

«Non è molto professionale» commenta Orazio.

«Ma il primo giorno non si fa niente, dai, si disfano le valigie, si beve della vodka... quando si comincerà a lavorare sul serio, io sarò lì.»

Orazio non è molto d'accordo. «Ma tua madre proprio quel mercoledì deve fare una visita? E ci devi andare tu ad accompagnarla?»

«Mica ho scelto io il giorno dell'appuntamento! Lei l'italiano lo capisce ancora poco. Ha bisogno di me per farsi tradurre quel che le diranno.»

«Sta in Italia da cent'anni e non capisce ancora l'italiano?»

«Orazio, è come una mamma italiana a Little Italy a inizio Novecento, come una mamma cinese a Chinatown. In casa parla spagnolo, vede solo i canali tv venezuelani e frequenta soltanto sudamericani. Non la posso mandare da sola.»

Tutti e due guardano me perché risolva il conflitto. E allora sospiro, sorrido, e lo risolvo con calma e saggezza.

«Allora. Nessuno di noi vuole che la dolce mamma di Dolores sia intrappolata nel linguaggio clinico dei medici italiani. Il primo impegno che abbiamo è la conferenza stampa di Berto Martini, che è venerdì mattina. Dolores ci può raggiungere giovedì con comodo senza danni, e per punizione dovrà badare al mio cane, visto che al Palazzo del Cinema non lo fanno entrare. Vi va bene?»

Li guardo. Orazio si limita a un laconico «Va bene, ma ribadisco: è poco professionale».

Lei lo ignora. «Grazie, Andy. Dabliù è adorabile, sarà un piacere.»

E anche questa piccola grana è risolta.

Come possiamo temere Venezia? Anche se Berto Martini ci andrà con quello che potrebbe essere un trionfo come un suicidio, ovvero il suo film in cui interpreta Dylan Dog?

Di questo dobbiamo parlare, oggi a pranzo.

Berto Martini

Io e Berto Martini siamo seduti al solito tavolo del solito ristorante, il ristorante di Claudio Amendola frequentato da tutta l'industria del cinema.

Claudio mi saluta subito e rievoca il nostro primo incontro, negli anni Ottanta.

Lui era già Amendola, stava girando *Ultrà*. Mi aveva incontrato per le scale mentre io facevo i primi provini da giovane attore insicuro. Aveva visto la mia chioma ed era esploso in un roboante: «Oh, ma non la spegni mai la luce? Con quei capelli illumini come un tungsteno da 2000W!».

Siamo seduti tra la foto di Claudio con Totti e quella con Verdone, a due tavoli da Anna Foglietta che sta pranzando da sola, anzi, sta pranzando con un copione, studia e ride da sola mentre lo legge. Evidentemente è amica di Claudio per sentirsi così a casa e sicura di sé nel pranzare da sola in un ristorante affollato, oppure aspetta una collega, un'amica, un regista.

Una cosa è certa: con la Foglietta ci vorrei tanto lavorare, ma è altrettanto certo che non ruberò mai attori ai miei colleghi, quindi il destino farà la sua parte.

Certo, alle volte il destino va un po' aiutato, e casualmente con la mia proverbiale goffaggine sono caduti tutti i miei biglietti da visita proprio vicino al suo tavolo...

Come al solito, per i primi venti minuti io e Berto Martini parliamo solo dei nostri cani.

Da Ghira in poi non ho mai vissuto senza un quadrupede che mi completasse: dopo Ghira ho avuto Victor, poi Tracca e Giugno e poi ancora Margherita. Questi sono gli anni di Dabliù, l'essere vivente più viziato del mondo.

«E allora, Andy, come sta Dabliù?»

«Be', sai che quando sono in viaggio lo do a Veronica che gli fa da seconda mamma, no?»

«Sì. Certo. Povero Dabliù, deve farsi largo in una nuvola di fumo.»

«Ecco, io non so in quali e quanti modi Veronica lo vizia, ma ogni volta che torno a Roma me lo ritrovo lievitato e pigro. Magari glielo lascio per un weekend, parto che Dabliù è il mio classico bel lagotto romagnolo, bianco come me, una pecorella, torno che è un San Bernardo.»

Ridiamo, e poi Berto mi parla un po' dei suoi, di cani.

Clienti, cameriere e camerieri che ci passano accanto non mancano certo di gettare un'occhiata nella sua direzione, perché, sì, Berto è un volto noto, ma è anche bello come un oggetto di culto pagano, sexy senza rendersi conto di esserlo. Timido, pure: non regge mai il mio sguardo, per dire. Ed è sempre un po' terrorizzato, come lo era sei anni fa.

Berto ha trentatré anni: è convinto che morirà quest'anno come Gesù Cristo, ma anche che se arriverà a compierne trentaquattro invecchierà sereno. Sei anni fa era spaventato dal Club dei Ventisette, continuava a blaterare «come Kurt Cobain, come Janis Joplin, come Jimi Hendrix», e io lo prendevo in giro e rincaravo la dose, «come Brian Jones, come Robert Johnson, come Jim Morrison», e lui ribadiva serissimo «come Amy Winehouse». Be', non è entrato nel club: adesso non gli resta che superare la crocifissione, e poi è fatta.

Berto Martini è un talento, un talento vero. Il mio lavoro, che esercito su di lui da quando è entrato alla W, è soffocare strategicamente il suo smisurato ego per farlo vedere agli occhi del fan soltanto come un umile, giovane, bravissimo attore. Quale è.

Poi, per chi ci va a pranzo una volta alla settimana come me, è una contraddizione su due gambe. Egocentrico ma timido, attivista in ogni questione ambientale ma amante del lusso e dei SUV, marito superinnamorato, ma sempre felice di andare a girare lontano da casa per collezionare storie extraconiugali, giovani attrici che poi puntualmente cerca di presentarmi nella speranza possano essere la Cenerentola che cerco per il mio roster. Ma diciamo diplomaticamente che i nostri gusti estetici in campo di giovani attrici sono un po' diversi!

Appena finisce un lavoro, Berto si prende due mesi di pausa fisiologica e poi comincia a bollire: «Andy, mi trovi qualcosa da fare lontano da casa?».

Quel «lontano da casa» lo giustifica con «preparazione sul personaggio», «sopralluoghi», ma si traduce con: «Ragazze adoranti a centinaia di chilometri di distanza dalla moglie».

Lui ha bisogno di queste avventurette, se non conquista si spegne, e a me il mio artista serve sempre acceso, splendente, lucente come il significato del suo nome di battesimo, in sintesi: sempre al massimo. E allora io mi comporto come Danny Rose con Lou Canova nel film di Woody Allen: faccio il complice delle scappatelle.

Fa parte del mestiere parallelo di un agente.

A metà pranzo, esauriti i discorsi cinofili passo a quelli da cinefili, prendo in mano la situazione. «Per il film su Dylan Dog, dunque...»

«Dimmi, Andy.»

«Alla conferenza a Venezia, intanto, decidiamo se citare o no il film del 2010, che tanto non è piaciuto a nessuno, e *Dellamorte Dellamore*, che comunque è un'altra questione. Poi: non ti preoccupare di quel che scriverà la stampa, perché tanto di film tratti dai fumetti quelli là non ci hanno mai capito niente. Guarda quello che hanno fatto con *Diabolik* dei fratelli Manetti, quel che han detto prima su Luca Marinelli e poi su Giacomo Gianniotti. Diciamo che tutto è lecito. Il problema, se ho ben capito, è che ci attaccheranno di sicuro i lettori accaniti di fumetti.»

«Per via di Groucho.»

«Per via di Groucho.»

Già, perché a quanto pare non si può usare un personaggio col nome e le fattezze di Groucho Marx, ovvero l'assistente storico di Dylan Dog. Nel film americano con Brandon Routh c'era al suo posto un certo anonimo Marcus.

In questa versione con il mio Brando Martini, invece, c'è un tentativo anche piuttosto coraggioso. Al posto del più celebre dei fratelli Marx, hanno preso Woody Allen. Cioè: un attore che somiglia a un giovane Woody Allen, con i classici occhiali Moscot, e il personaggio dell'assistente che fa battute mentre lancia la pistola a Dylan Dog che si chiama proprio Woody.

«Eh, Woody ai lettori del fumetto non andrà bene

di sicuro» dico. «Ma non c'era molta scelta, giusto? I nerd sono sempre un po' rigidi, ma forse capiranno.»

«Speriamo...»

«Ciao Andy, anche tu qui?» dice qualcuno passandomi accanto.

Mi giro.

Di chi è pure questa lombrosiana faccia da contadino, con la fronte bassa, gli occhi vicini? Ah, sì: è Big Jim, quello che aveva fatto il provino con me, l'attore palestrato con l'espressività di *Sono fotogenico.*

«Oh, ciao, carissimo. Lo conosci Berto Martini?»

Starei per presentare quel cane maledetto a Berto, ma non ricordo assolutamente come si chiama. Era un nome stranissimo, un nome d'arte, credo... chi si ricorda.

Ma ci pensa Big Jim a presentarsi. «Piacere. Rigoletto Biancolatte. Sono un tuo grande ammiratore.»

«Grazie» dice Berto, abbassando un po' lo sguardo.

«Come ti va?» gli chiedo, pur pochissimo interessato alle vicende attoriali di – non ci si crede – Rigoletto Biancolatte. «Hai trovato un agente, poi?»

«Sì, ho firmato per De Rossi. Infatti sono qui a pranzo con lui. Non lo faccio aspettare, vi lascio ai vostri discorsi.»

E se ne va nell'altra sala del ristorante.

Berto mi guarda. «Rigoletto Biancolatte. Sarà un nome d'arte o il nome vero?», e per la prima volta dalla bocca di Berto esce una simpatica innocente cattiveria nei confronti di un, diciamo, collega: «Ok, ok, nella nostra industria c'è posto per tutti, ma non si può negare che sia un tipo molto coraggioso se pensa di affrontare la giungla del cinema con quella faccia e quel nome. Ma poi, mi domando... ha gli specchi di legno a casa?».

«Se è un nome vero, quantomeno è originale. Se è un nome d'arte, complimenti per l'orribile scelta. Comunque: ha provato a entrare nella W, non l'ho preso perché è un cane, e infatti è finito con quel poveraccio di De Rossi, che poi, lo sai, in realtà si chiama Rossi e basta, si è messo davanti un DE per darsi un tono. Già immagino i grandi ruoli che troverà a Rigoletto: tipo Commesso 2 in qualche fiction tipo *Il ristorante dei sogni perduti*, o belloccio generico in qualchc commedia con Pio e Amedeo. Comunque, caro il mio Berto, una cosa l'ho capita: nel cinema c'è posto per tutti, belli e brutti, e tutti hanno diritto a seguire quello che diceva Elvis.»

«Cosa diceva Elvis?»

«"Segui quel sogno dovunque il sogno ti possa condurre." Lo cantava in quel film che in Italia si intitola *Lo sceriffo scalzo*.»

Berto ridacchia. «Pensa che fortuna che hai avuto. Se si fosse chiamato Rigoletto Biancosarti, in nome della tradizione della W avresti dovuto prenderlo.»

Ridiamo tutti e due.

Tradizione alcolica

Già, perché alla W abbiamo una tradizione: il cognome dei nostri artisti, che sia il cognome all'anagrafe o parte del nome d'arte, deve richiamare una bevanda alcolica.

Non l'ho deciso all'inizio, ovviamente. Quando Luce Sinistra è diventata Luce Ferrari, ho pensato all'automobile più che allo spumante. E quando ho messo sotto contratto la grande diva Flores Cognac, be', ancora due indizi non facevano una prova.

Benito Brunello, il terzo attore ad affidarsi alla W, mi ha fatto scattare i collegamenti.

Già, perché ci sarebbe tutto un complesso capitolo da dedicare a mio padre, che con il Brunello, e con il Cognac, e con lo spumante, e con tutto quello che era alcol aveva sviluppato negli anni un rapporto quasi morboso.

Poi sono arrivati con noi Berto Martini, Italia Nobile, Vera Bellini eccetera.

E quando sono arrivato in ritardo al primo appuntamento con questo nuovo attore giovane chiamato Diego Maietta, sono entrato in ufficio e l'ho visto accanto a Dabliù che se ne stava palle all'aria e cosce spalancate tipo pollo in rosticceria o quattro di bastoni, totalmente in estasi mentre Diego gli faceva i grattini sulla pancia, ho pensato subito: se un possibile assistito piace a Dabliù, già so che piacerà anche a me. Infatti, dopo un quarto d'ora ero già lì che gli proponevo il nome d'arte. «Diego Amarone ti piacerebbe?»

Essere orfano di un ex alcolizzato mi ha fatto cogliere i segnali del destino.

Le coincidenze non sono mai solo coincidenze.

Nel bene.

E nel male.

Forse l'unica eccezione che potrei fare è per l'attrice giovane che cerco. Se anche avesse un cognome banale tipo Rossi, Bianchi, Esposito o Gallo e non fosse disposta a prendere un cognome alcolico ma avesse enorme talento e personalità, ecco, forse ci farei un pensierino.

Vigilia

C'è sempre un po' di sana tensione, il giorno prima di partire per Venezia.

Immagino che sia, non so, come per un discografico il giorno prima che cominci Sanremo, o qualcosa del genere.

I trolley li ho riempiti, i bagagli più difficili dell'anno li ho fatti, e fortuna che è estate e sono sempre un po' più leggeri in generale.

Sono in casa con Dabliù, ho ordinato giapponese, e di colpo scoppio a ridere, perché mi è arrivato un meme buffo: una pornodiva che sfila sul red carpet ma nessuno la riconosce perché è vestita. Niente di straordinario, sì, ne convengo, ma a me queste cose fanno ridere di gusto.

Il meme mi è arrivato sulla chat del gruppo dei Nove.

Sì, perché non è che lavoro e basta, io. Cioè, in

generale sì, lavoro, e mi piace, ma ho un corpo, anche, ho quello che si definisce comunemente un cuore, io. Ho degli affetti cari oltre Barbara, Dabliù e la famiglia.

C'è l'altra famiglia, quella del gruppo del burraco, un gruppo pittoresco di donne e uomini di mezza età, ben equilibrati tra liberi professionisti, workaholic come me nel pieno della loro carriera e amanti invece del posto fisso che hanno attivato il countdown pensionistico. Siamo in nove e, indovinate? Sono tutte coppie. E io sono il numero 9, questo il mio soprannome per loro, per loro non sono Andy, sono Nove, e mi ci chiamano con insistenza perché vorrebbero spronarmi a trovare una relazione "normale" come le loro.

Il gruppo dei Nove nasce quindici anni fa, contemporaneamente alla nascita di WhatsApp. Non esiste giorno da quindici anni a oggi che su quella nostra chat non condividiamo stupidaggini, scherzi e battute che mi strappano sempre un sorriso nei momenti più inopportuni. Le nostre cene sembrano sempre uscire da un pittoresco film di Ferzan Özpetek, ma meno monotematico.

La mia partner in crime del gruppo è quella che io chiamo Pasticcino, dolcezza concentrata in 50 chili per 150 centimetri in un'età indefinita. Lei è una grafica piuttosto ricercata. È sempre la prima a seguire le mie proposte e affidarsi ciecamente e convincere gli altri, soprattutto i più diffidenti come le Gemelle, una coppia di uomini gay molto affiatati, tanto da vestirsi uguali e parlare allo stesso modo, alle volte con le stesse frasi in stereo, addirittura. Entrambi fissati con la forma fisica fino all'esasperazione, sempre faticosamente a caccia di qualcosa: che sia un terzo con cui giocare o persone influenti che li possano introdurre in giri importanti, acerrimi nemici del carboidrato ma amici del lusso, simpaticamente arrivisti.

Poi ci sono la Camionara, il Dottore, l'Ingegnere, l'Ecologista svedese, e la Prof.

Tranne l'ultimo, sono tutti soprannomi come il mio Nove.

La Camionara è una conducente di autobus, il Dottore è in realtà un infermiere, l'Ingegnere un carrozziere, la Thunberg un'operatrice ecologica e la Prof insegna arabo alla Facoltà di Lingue e Letterature Orientali.

Questo strano gruppo si è compattato in uno di quei viaggi organizzati nel deserto di Tabernas, in Spagna, dove, scoperta la comune origine geografica e di intenti, sono nate nuove coppie e molte amicizie. Ci conoscevamo appena e decidemmo sul finire della vacanza di fare una di quelle classiche e banali escursioni nel deserto tutti insieme in quell'occasione. Sembrava il pulmino di *Priscilla, la regina del deserto* nel pieno del nulla: improvvisamente però abbiamo condiviso un'esperienza molto forte, una tragedia e un senso di colpa che ci ha incatenati da allora, nonostante gusti e ceti diversi.

Il conducente del pullman ci muore di infarto fulminante.

Noi, quasi degli estranei fino a quel momento, rimaniamo in attesa dei soccorsi per tre ore con un cadavere ancora caldo a raccontarci le nostre vite.

A volte nascono amicizie che durano per sempre anche aspettando che qualcuno venga a portar via la salma del povero, defunto autista Cristobal. Che significa Colui che porta Gesù, e invece proprio Gesù se l'è portato via.

Ho appena finito di ridere per il meme, che arriva una puntualissima chiamata.

Lo so già chi è: è la chiamata da quattromila chilometri di distanza, la chiamata della vigilia di Cedrik.

Cedrik

Già: ho un cuore, sì, e ho il sangue.

Il sangue che sento scorrere nelle vene.

Questa è la sensazione che lego all'amore, al sesso. Io la storia delle farfalle nello stomaco proprio non la capisco. È così chiaro che l'amore è rappresentato per me dal sangue che scorre a un'altra velocità, che diventa un torrente, un fiume in piena, che poi violentemente, dopo tante curve, inonda il cuore come una cascata rossa.

Il grado dell'amore l'ho sempre misurato in base all'intensità del flusso: un ruscello, un fiume, un torrente. Quando poi ristagna e diventa un lago, scappo.

Con Jessica, la mia prima fidanzatina, più grande di me di un paio d'anni, era stato un ruscello. Essendo stata la prima con cui ho fatto l'amore (nella scomodità della sua R4 rossa, con quell'infernale cambio per le marce così scomodo per scopare: io ancora non avevo la patente) potenzialmente mi sarei dovuto aspettare una cascata violenta. Ma quando le ero entrato dentro, lei aveva cacciato un urlo tanto acuto che ci aveva sentito tutta la pineta di Castelfusano, quella notte. Mi ero risentito improvvisamente il protagonista di quel parto asciutto di diciassette anni prima alla clinichetta del Lido. Avevo scoperto solo molto tempo dopo la gioia della lubrificazione.

Dopo l'esordio con Jessica ero pronto per le gioie del sesso, ma sempre accompagnato da quel grido acuto in testa ogni volta che qualcuno mi apriva le sue porte, le sue grandi labbra, o entravo nelle fenditure delle pesche... tanto per essere eleganti e parlare in termini pittografici che ci riportano alle moderne emoji.

Prima di arrivare al porto sicuro dove però l'acqua è sempre in movimento (un movimento lento ma costante) chiamato Cedrik, sono passato per belle tempeste di pioggia e piacevoli navigate in grandi fiumi.

Avete presente quella storiella con un elementare côté psicologico e ricca di simboli dove la pioggia rappresenta il rapporto con il sesso? Ecco: io, arrivato a quel punto, mi visualizzo sempre come uno che non cerca riparo, che vuole essere bagnato dalla pioggia con gioia.

La mia è una pioggia abbondante ma con un cielo sereno. Mi sento un po' Gene Kelly in *Cantando sotto la pioggia*, e godo tutto appiccicaticcio.

Con Michelle, l'attrice svizzera, è stato un bel fiume.

Con Andrea, la produttrice tedesca, un ruscello gelido ma veloce.

Con Mario, lo storico dell'arte e l'unico italiano, un violento torrente.

Amanti straniere all'ottantanove per cento: evidentemente gli albini spaventano i connazionali, o io stesso forse sono più affascinato dall'esotico.

Tutto questo e tanto altro di fugace e rubato prima di arrivare al porto sicuro, prima di arrivare a Cedrik.

Berlinale galeotta. A quel festival, dieci anni fa, ero a un ricevimento un po' formale che si stava piano piano, con il passare delle ore, trasformando in una discoteca stile Studio 54. Io, pur continuando ininterrottamente a fare networking e curando le mie pubbliche relazioni internazionali nel mio maccheronico inglese, mi sentivo osservato. Mi sentivo Andy Warhol al centro dell'attenzione, anche se non mi ero spostato tutta la sera da quel corner dove mi sentivo sicuro, ed era lì che, come in una confusa e casuale processione, davo udienza. Ero in un angolo e cercavo sempre di essere concentrato sulla lingua, studiare bene il labiale e il body language (ma perché non usano tutti le mani come gli italiani? Sarebbe così facile capirsi) per catturare ciò che mi sfuggiva dalla comprensione dell'inglese e dedicare le giuste attenzioni a chi avevo davanti, ma era molto difficile mantenere la concentrazione, un po' a causa dell'open bar, ma soprattutto perché sentivo sempre quello sguardo di Cedrik addosso.

Cedrik, un giovane aitante professore del Middle East dagli occhi limpidi e profondi. Occhi particolari, splendido risultato di varie contaminazioni, molto chiari ma incorniciati da lunghe e folte ciglia scure.

Coraggioso e paziente, l'esteta Cedrik. Mi aveva fissato tutta la notte e aveva aspettato il suo turno, il filosofo, per approcciarsi a me. Un giovane saggio, pacato ma deciso. Una voce calda che era subito diventata casa. Da lì, poi, tutta la notte in taxi in giro per una Berlino gelida ma accogliente fino all'alba e trovarsi a far colazione in albergo da me all'Esplanade, con i miei compagni di stanza con sguardi così grandi e curiosi che non avevo mai più visto sul loro volto. Si erano consumati solo tanti baci e tante parole quella notte, ma poi abbiamo recuperato su tutto il resto nel corso degli anni in questa strana e lunga LDR, long distance relationship, ricca di tradimenti solo carnali. Già, perché il mio corpo è come tutti gli altri, non è né un fiore né una farfalla, se non è toccato muore.

Con lui, quando ci vediamo, sento scorrere il sangue nelle vene. Sgorga sangue, arriva fino a colorare labbra morbide e piene, rendi queste tue turgide estremità degno mezzo di generose parole sincere.

Roma chiama Tel Aviv e Tel Aviv risponde, ma con la certezza che può essere solo un sostegno morale. Già: perché Cedrik si nasconde sempre dietro il suo impegno universitario per evitare Venezia, anzi per evitare ME a Venezia. Per la sua sanità mentale ha deciso di non accompagnarmi più al festival. È successo solo una volta, è si è amaramente pentito. Ritmi e stress che mettono a dura prova chi non è allenato alla vita festivaliera.

Perché da domani saranno conferenze stampa, incontri, interviste, contatti, strette di mano. Ma la notte della vigilia è solo per Cedrik, solo per la sua voce calma.

Anche a quattromila chilometri di distanza, è il mio coach, sa sempre cosa dire e come convincermi a chiudere la valigia e affrontare una nuova avventura, la sua voce ha l'effetto di un balsamo per i miei tanti pensieri confusi.

Segnali

Parlavo di segnali: mi era mai capitato di vedere il sole e la luna piena nello stesso momento, da due lati diversi di un'imbarcazione?

Succede sul taxi acqueo che dalla stazione di Santa Lucia a Venezia ci sta portando al Lido. Quest'anno non c'è la solita scenetta di Dolores che suggerisce ingenuamente: «Ma perché dobbiamo prendere il taxi che costa centoventi euro, prendiamo il vaporetto che ne costa otto!», lei che è abituata alla metro Rebibbia-Laurentina, e io che impongo il mio grado e opto per il taxi.

Siamo a settembre, fra tre mesi finisce l'anno e io come al solito sono a caccia di giustificativi nella speranza di abbassare l'utile e pagare meno tasse.

Tutto fa brodo, e quindi anche la ricevuta del taxi a Venezia. Sento già le maledizioni del mio commercialista.

La visita medica della madre di Dolores ci ha evitato l'annuale teatrino.

È l'ora del tramonto, e mentre guardo l'acqua a destra e sinistra vedo questo strano fenomeno, il sole rosso che scende a ovest e la luna piena che sale da est, e una piccola sensazione da infausti eventi in arrivo mi fa pizzicare il sesto senso in stile Spider-Man.

Ma la scaccio subito, perché devo tenere a bada Dabliù, che ovviamente è venuto con noi in questa bella gita aziendale al Lido e a vedere i gabbiani in volo impazzisce all'istante.

C'è tutta la W, pronta a questi undici giorni di maratona a Venezia. Tutta nel senso di Orazio, Tina e Veronica, perché Roberta è rimasta a Roma per presidiare la fortezza, almeno fino alle diciassette di ogni giorno, e Dolores ci raggiunge domani nel tardo pomeriggio.

Le trasferte della W hanno sempre rafforzato lo spirito di gruppo, il lavoro di squadra. La trasferta veneziana è quella con la T maiuscola, il momento più importante dell'anno, dove si costruisce molto ma anche una nuova occasione per sperimentare la compatibilità dell'intero gruppo di lavoro. D'altra parte, ogni esperienza, da quelle costruite a tavolino a quelle casuali, le ho sempre trasformate in occasioni per alimentare lo spirito familiare della W.

Così è successo quando sono nati Merlonbrando e le sue sorelle Merlinmonroe e Merlilstreep. Li abbiamo seguiti da quando i loro genitori, merli neri come il petrolio, hanno scelto il rigoglioso terrazzo della W come casa per covare le uova. Li abbiamo visti rompere il bellissimo guscio verde, nutrirsi, mettere le penne. Crescere alla velocità della luce e spiccare il volo. Abbiamo avvertito un vuoto, ma siamo cresciuti insieme a loro e al loro volo.

Abbandonare il nido l'ho sempre associato alla ricerca della vita, alla scoperta, alla libertà. Quello che prima o poi arriverà per tanti artisti e, perché no, quello che – pur combattuto – mi auguro anche per il delfino del re che chiamo Daniele.

Avremo quattro conferenze stampa a cui presenziare: si comincia con Berto Martini e Dylan Dog, poi c'è Benito Brunello, poi Luce Ferrari che presenterà la sua ennesima parte sofferta, drammatica, intensa e indimenticabile, e infine Vera Bellini.

Berto ovviamente arriverà giovedì sera, il giorno prima della conferenza, essendo scaramantico fin quasi alla follia. Non partirebbe mai di venerdì, come ripete sempre «di Venere e di Marte non si sposa, non si parte, non si dà principio all'arte», roba che nemmeno mia nonna, santo cielo.

Abbiamo affittato la solita casa che per questi undici giorni diventerà una specie di comune con regole di sopravvivenza e di convivenza rigidissime. Già so che Orazio da domani vesserà Dolores, che Tina la vedremo quasi solo in bagno o pronta a uscire per qualche incontro lavorativo/galante, che Veronica sarà perennemente al telefono, che Dabliù impazzirà nel giardino della casa, che la bottiglia di vodka finirà già entro le prime ventiquattro ore di permanenza e Tina ne negherà la responsabilità... il solito rituale veneziano, insomma.

Porteremo a casa le nostre conferenze, i nostri rappresentati faranno una splendida figura, saluteremo amici, mezzi amici, colleghi, mezzi colleghi, nemici, mezzi nemici, andremo alle feste di produzioni e distribuzioni.

La solita Venezia di ogni anno.

A parte quel sole rosso e quella luna piena.

Cosa possono voler dire?

Tre puntini di sospensione

La prima notte passa, as usual, nel migliore dei modi. Rientrato per l'occasione nello smoking taglia 50 con grande soddisfazione, sono reduce dalla serata inaugurale sulla spiaggia dell'Excelsior dove, fra mille sorrisi, ho dato il meglio di me e ho anche visto in lontananza una ragazzina con una semplice tunica bianca di lino che ha colpito la mia attenzione, semplicità e classe in 175 centimetri: sembra una principessa.

Ho interrogato un attore americano, mentre con la coda dell'occhio studiavo lo spazio e aspettavo che quel regista si liberasse per andargli a spiegare quanto Italia Nobile sia di certo più giusta di Stefania Sandrelli per quel ruolo. Allo stesso tempo, quando il produttore israeliano si è avvicinato, come succede sempre con l'industry israeliana, l'ho trattato con i guanti temendo fosse un inviato speciale di Cedrik, che mi ricordava di fare la puttana ma fino a un certo punto.

Do una rapida occhiata ai social prima di andare a dormire.

Sorrido: su Instagram c'è Dolores che annuncia

DOMANI SI VA A VENEZIA!

indossando una maschera veneziana.

Nel buio, poco prima di dormire, rievoco i momenti della giornata.

C'è un dettaglio che ho notato appena, forse, ma non riesco a inquadrarlo. Qualcosa di incongruo.

In quale momento? Boh. Il sonno cancella in un attimo tutte le domande.

La mattina dopo, però, le cose iniziano ad andar male annunciate da tre puntini di sospensione. Quegli inquietanti, ansiogeni puntini di sospensione che solo Veronica sa far sentire con chiarezza quando li evoca tra una boccata di fumo e l'altra.

Nel momento in cui la vedo venire verso di me, dopo che ho messo ordine fra tutti i biglietti da visita raccolti la sera prima e archiviati con criterio i contatti, e dire «Amore...» anziché il solito Amore, virgola, frase, so già che è successo qualcosa di brutto.

Ovviamente succede alla vigilia della prima conferenza stampa che mi attende, quella sul film di Dylan Dog, negli unici dieci minuti in cui ho lasciato lo smartphone a caricarsi in camera mentre sto giocando con Dabliù nel giardino della nostra casa veneziana.

Ho visto Veronica attaccata al telefono con la sigaretta in veranda, ma Veronica è sempre attaccata al telefono, non c'è nulla di strano.

Ma quando è venuta verso di me e ha detto: «Amore...», i tre puntini mi hanno mandato in allarme.

«Che c'è?» domando. «Aspetta, indovino chi è che ha creato problemi: Italia Nobile ha rilasciato una delle sue dichiarazioni da vecchia diva pazza che non tiene più a freno la lingua. Di nuovo con la storia che Stefania Sandrelli le ruba tutti i ruoli? È stata lei, vero?»

«Non è Italia.»

«A Vera Bellini non va bene l'albergo?»

«Andy, è Berto Martini.»

«Berto? Cos'ha combinato Berto?»

«Andy, forse è meglio che ti siedi. Dabliù lo prendo in braccio io.»

«Oddio, Veronica, ma cos'è successo, è morto?»

«Non è morto. Hanno provato a chiamarti, ma non rispondevi. Allora hanno avvisato me.»

«Aspetta che mi siedo davvero.»

«Ecco, bravo.»

«Mi passi quella boccetta di Rescue Remedy? Che dici, cinque gocce? Vai, spara.»

«Allora, Andy, tu conosci le abitudini di Berto Martini?»

«Quali? Ne conosco parecchie, e non tutte è il caso di renderle pubbliche.» Ecco, mi sparo altre cinque gocce sotto la lingua.

«Va bene. Allora, ovviamente sai che, tra le sue varie case, ce n'è anche una piuttosto modesta sull'Ostiense.»

«Sì. Ha voluto comprarla proprio sopra il ristorante Al Biondo Tevere per celebrare la famosa ultima cena di Pasolini.» "Già" penso, "e questa cosa di Pasolini funziona un sacco quando ci porta qualche attricetta o studentessa universitaria, perché il corpo di Berto è un po' come il mio, se non è toccato muore." Ma questo non lo dico a Veronica.

«Va bene. Allora, ultimamente la sua abitudine è farsi un giro all'alba sul suo monopattino elettrico. Dalla casa sull'Ostiense scende giù in via del Porto Fluviale e poi gira a sinistra, perché andare in monopattino sulla sponda del Tevere fino al gasometro, dice, lo rilassa.»

«D'accordo. E fin qui non ci vedo niente di strano.»

«Già. Solo che l'ha fatto anche stamattina, prima di partire per Venezia. È uscito all'alba come al solito, ha preso il monopattino, ha girato in via del Porto Fluviale...»

«... e questo l'ho capito. Poi?»

«Poi è andato verso il gasometro...»

«E dopo? Veronica, mi sta venendo un infarto, vieni al punto.»

Non prendo altre gocce di RR, ma stringo la boccetta talmente forte che temo di romperla.

«Il punto è che è arrivato un motorino. A tutta

velocità. Dal ponte sul fiume, dice. E l'ha colpito in pieno.»

«Come, l'ha colpito in pieno?»

«Lo ha colpito in pieno arrivando da destra. Lo ha fatto cadere...»

«... e...»

«... e poi è scappato via. Poco dopo qualcuno ha chiamato l'ambulanza, si suppone proprio quello che ha investito Berto, pentito. Non c'era nessun altro in giro a quell'ora.»

«E Berto? Dimmi che verrà alla conferenza stampa con un braccio ingessato, con una gamba ingessata, con...»

«Non verrà alla conferenza stampa, Andy.»

«Ah. Ma che ha fatto? Come sta?»

«Si è rotto tutte e due le gambe e il braccio sinistro. Ha un trauma cranico, non grave, ma deve rimanere in osservazione. Di farlo venire domani a Venezia non se ne parla. Mi sa che salta anche il poliziottesco di ottobre.»

«Ma, tipo, potremmo collegarci con lui in remoto, fargli fare un video, qualcosa...?»

«Non lo so. Bisognerebbe parlare con i medici. E con la moglie. Vuoi parlare con la moglie?»

«Sì. Prima svengo. Poi piango un po'. Poi piango un altro po'. E dopo chiamo la moglie di Berto.»

Dovevo interpretarlo meglio, quel segnale del sole e della luna.

Faggiani

Al risveglio, la mattina dopo l'incidente a Berto, apro gli occhi cercando di autoinculcarmi una botta di ottimismo: va bene, è successo un fatto sgradevole, ma per fortuna Berto si riprenderà nel giro di qualche mese, per il poliziottesco vedremo come fare, ma intanto forse si parlerà ancor di più del film su Dylan Dog proprio per via di questo malaugurato fatto.

Ma appena vedo la faccia di Tina a colazione, già capisco che l'ottimismo andrà alimentato con qualche altra goccina.

«Che è successo?» le chiedo. «Cos'è questo sguardo della morte?»

«Siediti, Andy.»

«Mi devo preoccupare?»

«Un po'. Una causa legale. Robe mie.»

«Chi ci ha fatto causa?»

«Faggiani. Non a noi direttamente. A Berto.»

«Faggiani? Faggiani ha fatto causa a Berto?»

«Non ancora, ma minacciano di farlo.»

«E perché mai?»

«Perché stamattina avrebbe dovuto mostrarsi sul red carpet con il loro abito addosso, hanno saputo che non lo farà e si sono leggermente alterati. Diciamo così.»

«Ma come? È in ospedale con tre arti rotti su quattro e un trauma cranico, come fa ad andare sul red carpet con il loro abito addosso?»

«Stai ragionando come se in questi casi funzionasse la logica.»

«Già. Colpa mia.»

Faggiani, il grande stilista Faggiani, uno dei marchi più famosi a livello mondiale. Berto Martini ha un contratto a sei zeri con Faggiani, che lo obbliga a vestirsi in tutte le apparizioni pubbliche con uno dei suoi abiti.

Ora, Berto ha milleduecento contraddizioni, tra le quali: non vuole mai fare quel che c'è scritto sui contratti. Anche quelli a sei zeri. Tipo: farsi fotografare alla discesa dalla lancia all'imbarcadero dell'Hotel Excelsior. Il classico saluto ai fotografi, con il brand che diffonde poi le foto a livello internazionale, lui non lo vuole fare.

Un po' lo capisco: io non ho mai sopportato i vestiti o gli accessori brandizzati, con i cognomi a caratteri cubitali su cinte, borse, felpe. Forse perché invece a Ostia questa cafonata era un must have, e a me tutti questi che camminavano con scritto addosso PRADA o GUCCI sembravano dei citofoni ambulanti. Ma io non ho un contratto di sponsorizzazione, Berto sì, e il fatto che non fare certe cose scritte nero su bianco comporti una penale pure quella a molti zeri non sembra scuoterlo troppo: ogni volta deve – come dirlo carinamente? – trifolare le palle a tutti con questo suo gesto di ribellione. Per fortuna, se non ascolta me, alla lunga ascolta Tina. Aveva accettato di arrivare con l'abito di Faggiani, questa mattina. Tutto risolto. Ma si è messo di mezzo un motorino.

«In pratica» continua Tina «dicono che non avrebbe dovuto adottare comportamenti rischiosi per non causare danni al loro brand.»

«Ma mica è colpa sua se un motorino lo ha centrato in pieno, scusa! Mica andava in monopattino in mezzo al Raccordo Anulare! Davanti al gasometro passa una macchina ogni dieci minuti, è il posto più tranquillo dell'universo...»

«Fa lo stesso. Hanno citato il precedente di Attilio Gaspardi.»

«Chi cavolo è Attilio Gaspardi? Un attore?»

«Un calciatore. Doveva andare a prendere il figlio a scuola, ha preso lo scooter e lo ha investito un tram. Non ha potuto giocare una finale di coppa, la squadra ha perso, e la sua società gli ha fatto causa perché andare in scooter nel traffico è considerato comportamento pericoloso. Ma a Faggiani ci penso io, Andy, fai colazione in pace. Ci vai lo stesso alla conferenza di Dylan Dog?»

«Sì, accompagno Samu Ribolla. Ha fatto quattro pose in croce nel film, ma comunque è nel cast.»

«Ottimo. Ah, Benito Brunello è già arrivato a Venezia, intanto.»

«Almeno lui. Ovviamente non ha voluto l'albergo.»

«Ovviamente no, perché, come dice lui, è ospite dei compagni del Circolo 3 Agosto.»

«Va bene, per me può dormire anche sopra un vaporetto, basta che domani sia carismatico e magnetico alla conferenza stampa.»

«Come sempre.»

«Come sempre.»

Dopo colazione, poi, mi sento bene.

Mi sento figo, mi vedo bello, bellissimo, del tutto calato nel mio mondo. Attori, registi, produttori: tutto il cinema che conta adesso è qua, e io sono al centro di questo rituale veneziano, ancora una volta, come sempre.

Col mio smoking di sartoria che mi casca a pennello non solo perché sartoriale, ma perché sono in compagnia della mia fedele compagna del festival, l'amica pancera, insomma, tutto profumato, mi guardo i capelli pettinati con il gel e quindi scuri, insomma, fascinoso come se fosse il giorno del mio matrimonio, entro all'Hotel Excelsior a schiena dritta e testa alta, già mondato dai malumori per quell'imbecille sul motorino che va a centrare il mio attore e per le richieste di quegli altri pazzoidi della Faggiani, che per fortuna Tina ridicolizzerà con la facilità con la quale sale sui pontili di Venezia su un tacco dodici mentre risolve qualche altra grana al telefono in contemporanea.

Entro in ascensore, diretto verso la camera del buon Samu Ribolla al sesto piano, mah, siamo sicuri al sesto?

Al secondo piano, il mio buonumore collegato in via diretta alla figaggine che mi pervade subisce uno scricchiolio mortale: è appena entrato Francesco Scianna, quindi di colpo non sono più la presenza più bella in questa cabina metallica. Mi si liquefanno un pochino le ginocchia, diciamo. Certo, è bravo, ma in quel momento non sono attratto dalla sua bravura. Però ancora mi dico: "Be', non è terribile essere la seconda persona più di bell'aspetto in poco spazio, se la prima è Scianna". E comincio anche a fantasticare... "Saremmo una bella coppia, il chiaro e lo scuro, dai, un po' i Chips o Starsky e Hutch o anzi Bo e Luke di *Hazzard*...".

Mi ritrovo allo specchio con un sorriso accennato pensando a papà e zio e cantando in testa la ballata della sigla di Bo e Luke.

Solo che un piano sopra si apre di nuovo l'ascensore, ed entra Monica Bellucci col suo seguito. E qui, sventrato, mentre lei mi rivolge il suo sorriso da Gioconda, io – vittima di una fulminante sindrome di Stendhal – mi guardo nello specchio dell'ascensore e penso che manchi solo Miriam Leone. E per la famosa legge di Murphy, più si teme che qualcosa accada e più è probabile che succeda, ecco che si riaprono le porte, esce Monica col suo seguito al quinto piano e, come se si passassero il testimone, entra frizzante Miriam. «Ciao Andy!»

Che miserello che sono, mi dico appena esco dall'ascensore. Un pagliaccio vestito a festa, schiavo di un circo chiamato festival, albino ma il più anonimo, in questo concentrato di bellezze in un metro quadrato.

Forse ci vorrebbero le goccine, oppure una video call con i Nove.

Esco da quella scatola di acciaio e specchi e affondo nella moquette del sesto piano, supero i bodyguard che sono all'inizio di ogni piano e mi accingo a bussare a una delle centoventi camere del piano, una di quelle più ambite che affacciano sul mare, dentro la quale un Ribolla eccitato mi attende per il suo debutto. Sento che ho bisogno di energia, tanta energia.

Mi avvicino a una delle finestre del corridoio che affacciano nel bel cortile moresco interno per ottimizzare la ricezione e faccio contemporaneamente tre cose: ingoio goccine, mi domando come fa Ribolla al suo primo festival e con un ruolo quasi insignificante a essere già al piano più prestigioso dell'Excelsior e chiamo i Nove.

Loro mi rimettono sempre in riga, mi riconnettono al mondo reale. Ecco squilla... squilla e uno dopo l'altro appaiono tutti sullo schermo del cellulare e le nostre facce a quadratino sembrano pedine di un gioco anni Ottanta. *Ça va sans dire*, le Gemelle occupano un quadratino solo. La Prof non la vedo, vedo solo una enorme lavagna e la sento che è nel pieno di una sua lezione sul mondo arabo ma è connessa, capisco che vuole partecipare perché se ci chiamiamo nel bel mezzo della giornata lavorativa è allarme rosso.

Esordisco subito: «Ragazzi, allarme rosso, ho i secondi contati che devo scappare a una conferenza, ma mi promettete che appena torno a casa mi portate a fare una serata karaoke e mi raccontate ancora una volta gli aneddoti di quando ero ubriaco e volevo baciare tutti?».

Risponde subito la Thunberg, che quando c'è da buttare un po' di fango su di me e ridicolizzarmi è la prima: «Sì, certo promesso, Andy, torna presto, ma prima fatti una bella operazione alle corde vocali, altrimenti in quel locale non ci fanno più entrare». Sì, ok, lo ammetto non sono un usignolo ma ho quella che si dice una bella presenza scenica. Arriva Pasticcino in difesa, anche lei con una delle sue battutine acide ma con delle references che lei sa mi piacciono sempre: «Allora Andy, ok, noi te lo promettiamo, ma tu mi fai un favore personale? Mi prometti, per favore, che quando salirai su quel palco eviterai l'effetto Marcel Marceau?».

Sì, ok, ammetto anche questo, quando canto mi viene piuttosto naturale mimare in maniera esagerata i testi delle canzoni. Non ho più tempo e devo liquidarli, anche perché mi piacciono, mi aiutano ma vanno sempre presi a piccole dosi: «Ok, ragazzi sto meglio, grazie, torno a quello che voi chiamate amabilmente il mio lavoro di merda fatto da e di gente di merda, a fine settembre serata karaoke, Gemelle, please, se organizzate voi potete evitare quei locali con le fruste dove andate a caccia? Grazieee!».

Penso: "God bless il gruppo dei Nove", ma penso anche: "Forse le dicerie che questo ragazzetto 3 B (bello, bravo, bono) sia protetto da un ministro molto importante tanto dicerie non sono".

Busso alla porta di Samu, e intanto nello stesso corridoio rivedo la ragazza alta intravista all'inaugurazione uscire da una camera. Ha un vestito simile ma diverso, stesso taglio ma tessuto diverso e una nuance leggermente più scura, color panna. I capelli vaporosi le volano intorno a ogni falcata in quel lungo corridoio di moquette scura dove cammina solo lei, e sembra una versione chiara di Naomi Campbell. Ha qualcosa di selvaggio ma allo stesso tempo regale. Chissà se fa l'attrice, comunque se frequenta questo piano ed è uscita da una stanza con un sorriso come se avesse appena vinto alla lotteria, forse è una ragazza dell'Est Europa che frequenta il festival per, diciamo, allietare le brevi pause di annoiati produttori. Mi passa davanti e sfoggia un sorriso da Julia Roberts. «Buongiorno» mi dice. È italiana e anche educata. Però!

Comunque mi vergogno un po' di quello che ho pensato. Non devo giudicare! Siamo tutti liberi di guadagnarci il pane come possiamo, l'importante è sempre rispettare il quinto comandamento, basta non uccidere!

Benito Brunello

Per Samu Ribolla questa è la prima Venezia. Lui ha questa faccetta da duro di buon cuore, da ragazzo di strada che di nascosto legge libri d'avventura, da emarginato sociale che poi alla fine si riscatta e rimane al largo dalla criminalità per ritagliarsi una bella vita. Una faccia un po' così, diciamo.

Nel film di Dylan Dog è lo studente in moto che corteggia inutilmente la bella ragazza che poi si innamorerà di Dylan. Viene ucciso in modo orribile da un lupo mannaro dopo venti minuti. Però, devo dirlo, muore benissimo. Non è mica facile morire bene in un film: ci sono signori attori, bravissime attrici che non sanno farlo.

Marion Cotillard è bravissima, ma nel terzo *Batman* di Christopher Nolan muore proprio male, ma male male. Molto peggio di come lascia il mondo Samu Ribolla sotto gli artigli del lupo mannaro.

Amo portare in giro i miei talent alla loro prima Venezia, perché attraverso i loro occhi vergini (ecco, giusto gli occhi, mi sa) ritrovo l'entusiasmo e lo stupore dell'inizio. Cioè, la prima volta che a Venezia incroci Robert De Niro non ci puoi credere, ti si ferma il cuore, pensi: "Omioddio, sto respirando lo stesso ossigeno del protagonista di *Taxi Driver*, di *Goodfellas*, di *C'era una volta in America*". La decima volta che lo incontri, magari, ti chiedi: "Ma è sempre stato così basso?".

E invece, mentre usciamo dall'Excelsior, incrociamo Valerio Mastandrea che sta scherzando con qualcuno al cellulare, e Samu strabuzza gli occhi con la faccia di chi si sta dicendo: "Ommioddio, ho appena visto Valerio Mastandrea che scherza con qualcuno al cellulare, è il giorno più bello della mia vita".

Si abituerà e forse diventerà famoso a sua volta e quando succederà chissà quanto ci metterà a capire che la fama è il contrario della libertà.

Ma per adesso mi godo il suo sorprendersi costante, anche se penso sempre alla sua presenza al festival e a quel sesto piano così sospetto.

«Vedi, Samu» gli dico, mentre camminiamo verso il Palazzo del Cinema, dove ci sarà la conferenza stampa «dall'hotel al red carpet ci saranno, che ne so, trecento metri, ma la vedi questa processione di macchine che va a passo d'uomo? Ecco, è il protocollo del festival. Per i film in concorso prevede che gli artisti salgano in macchina, facciano un giro stranissimo e insensato di questi trecento metri per poi entrare nel red carpet. È l'assurdità di questo lavoro, caro. Abituati.»

Lui sorride con l'espressione di chi sta pensando: "No, non mi abituerò mai, cambierò forse sponsor politico ma non mi abituerò mai".

E intanto eccolo qua, Benito Brunello, proprio davanti al Palazzo del Cinema. Sta chiacchierando amabilmente col direttore del festival, Alberto Barbera, e la sua fedelissima assistente Angela Savoldi.

Ma appena mi vede esplode in un baritonale «Andy!», e mi abbraccia.

Benito Brunello ha sessant'anni, da quasi quaranta è un attore superfamoso e superpop.

Non ho mai conosciuto i suoi genitori, ma un padre e una madre che chiamano il figlio Benito per poi ritrovarselo comunista militante, uno che faceva spettacoli di solidarietà come usavano fare Paolo Villaggio e Gian Maria Volonté nelle fabbriche occupate, ecco, quel padre e quella madre non devono essere stati proprio contentissimi. Forse siamo legati allo stesso destino, vedi alla voce nonno Gigi con il sottoscritto.

Non ha mai voluto darsi un nome d'arte, tanto, dice, «un giorno, sentendo il mio nome, la gente lo collegherà ai miei film piuttosto che al Ventennio, io lotto per ripulirlo, questo antico nome». Io però lo chiamo Benny, che Benito mi fa un po' impressione.

Benny è uno di quegli attori che adorano lavorare, e questo ci accomuna.

Sa bene che non vanno in miniera, gli attori, il cinema è la sua casa da sempre e ama ripetermi: «... anche la peggior giornata sul set è sicuramente meglio della migliore giornata nella vita normale».

Io non dimenticherò mai il giorno di inizio millennio in cui Benny ha voluto incontrarmi, lui che già da due decenni spopolava con i suoi tanti ruoli al cinema e in tv, e quel giorno, in quel ristorante, a quel tavolo, mi ha detto: «Andy, io sto per compiere quarant'anni e mi voglio fare un regalo: voglio lavorare con te. A me sembra un regalo bellissimo, che ne dici?».

E che dovevo dire?

Sono rimasto talmente lusingato che ho sempre dato il massimo per lui e per la sua carriera, e lui si è sempre affidato a me con fiducia cieca e totale.

Domani presentiamo il suo nuovo film, la storia di un ex partigiano che nel dopoguerra si arruola in polizia e si ritrova vecchi avversari fascisti come nuovi colleghi in divisa. Praticamente, una sceneggiatura scritta per lui e su di lui.

Benny vive male il fatto che le sue due case lavorative, Cinecittà e il festival di Venezia, siano due creazioni fortemente volute dal Duce, quindi cerca di bilanciare.

«Oh, Andy» dice «stasera vado alla proiezione di *Sacco e Vanzetti* al Circolo 3 Agosto, mi hanno invitato per un dibattito post-proiezione. Non ti dico di passare perché quel posto è poco chic per i tuoi gusti, ma non temere, non farò tardi, domattina alla conferenza sarò in forma e combattivo.»

Vedo la giovane venere bianca con la nuvola di capelli neri e con la solita tunica retta da due bretelline sulle spalle, ma questa volta è di seta e bianco latte. Sembra una camicia da notte, niente gioielli, niente trucchi, zero accessori. Con disinvoltura passa sul red carpet ma senza fermarsi davanti ai fotografi.

«Non ne dubito, Benny. Che ne dite, entriamo?» e sorrido al direttore Alberto, con cui dovrei essere forse più diplomatico e dovrei trattarlo con maggior reverenza, ma, complice quel cognome, lo sento tanto familiare.

Ho un'improvvisa fretta di entrare e inseguire quella nuvola di capelli.

Saliamo con la delegazione ristretta sulla terrazza della sala grande per un aperitivo prima della proiezione. Su quella terrazza fronte mare dove sventolano le bandiere di tutto il mondo, vedo Cenerentola parlare prima con i francesi poi con gli inglesi con una grande facilità: è sicuramente una globetrotter poliglotta. Spero solo non sia una di quelle socialite che tra un evento mondano e l'altro sono destinate alle attese nelle lounge delle business class delle migliori compagnie aeree, che rincorrono perennemente il fuso orario per essere sempre presenti in the right place. Ma mi sembra troppo sveglia e naturalmente elegante per essere una socialite, sembra abbia imparato alla perfezione come si costruisce un personaggio che rimane impresso. Che sia sempre riconoscibile. C'è chi usa un'acconciatura o un make-up particolare, lei ha scelto un colore, sempre quello, ed è un colore familiare a tutti, non solo al sottoscritto!

Le si avvicina un bell'uomo dai capelli bianchi e le sussurra una cosa nell'orecchio, lei ride con un fare molto frivolo. Peccato, la conferma di quello che pensavo: "Così giovane, così bella, ma perché?". La avvicino e le sorrido, sono troppo curioso, mi presento: «Ciao, sono Andy, Andy Schroeder» e lei, con un sorriso disarmante e accogliente, ha capito subito la battuta alla 007 e mi risponde: «Piacere mio, io sono Carmela, Carmela Rossi».

«Cosa fai nella vita, Carmela? Cosa ti porta qui al Lido su questa terrazza?»

«Dicono che sono un'artista, quindi vado in giro per il mondo a cercare ispirazioni, ho sempre viaggiato, sono figlia di diplomatici.»

«Bene, ottimo, fai l'attrice, quindi?»

Gongolo e penso subito che la salverò da quelle tante mani di vecchi a cui sarebbe destinata.

«No, faccio altro, scrivo, canto, dipingo!»

«Hai un bello stile ma non ti piacciono i colori, vedo.»

Non perde la sua frivolezza ma con un tono molto serio sembra salire in cattedra e farmi una ramanzina: «No, tutt'altro, forse non sai che il bianco contiene tutti i colori, io adoro il bianco, a proposito, sai che hai dei capelli fantastici?».

Caspita che sfiga! Ma non demordo. «E hai mai pensato di fare l'attrice?»

«No, non penso faccia al caso mio, ma... MAI DIRE MAI.»

«Già... mai dire mai» e con quelle due ultime risposte torno subito con la mente a un giorno di tanti lustri fa al Centro Palatino in Roma.

Vabbè, pazienza, errore di valutazione ma è molto simpatica. Ci invitano a entrare.

«Ciao apolide Carmela, buona visione, ci si vede e in bocca al lupo per tutto!»

«Ciao, agente 007 in missione speciale al Lido.» Mi fa un occhiolino ammiccante e con la sua freschezza dei vent'anni gira le spalle nude e ambrate e torna verso l'altro canuto ma non albino della terrazza, che la accarezza e la guarda con sguardo amorevole. E anche se continuo a ripetermi "Andy non giudicare, Andy non giudicare" è più forte di me, quel vecchio sarà sicuramente l'uomo della camera del sesto piano.

Bevo l'ultimo sorso ed entro nella galleria della sala grande, prendo il mio posto in prima fila ed è proprio vicino al canuto schifoso. Tra politici, cariche istituzionali e artisti, la Galleria più importante del cinema, si sa, non è di facile accesso se non hai un tot di anni o un tot di potere: è ricca di teste bianche (certo, non tutte cangianti e brillanti come la mia), ma proprio vicino a questo dovevo capitare? Non potevo stare vicino al presidente della Biennale Roberto Cicutto, l'uomo elegante e simpatico che tutti vorrebbero come best friend? No, io dovevo capitare invece proprio vicino al porco schifoso che esibisce come un trofeo la sua giovanissima amante, che fastidio!

«Buonasera» mi fa con un grande sorriso elegante con denti bianchissimi e regolari.

«Buonasera» gli rispondo con molto sospetto e le labbra serrate.

«Piacere, io sono Bartolomeo, lei è qui a Venezia per il cinema?»

«Certo, per cos'altro?» rispondo infastidito.

«Scusi, non volevo importunarla, in realtà io faccio altro, sa, è la mia prima volta al festival, mi sembra tutto così curioso, buona visione.» Mi stupisco della sua gentilezza.

Mi rendo conto di essere stato cafone e cerco di riparare dandogli il mio biglietto da visita. «No, scusi lei, è che è una giornata un po' storta, piacere, io sono Andy, se le serve una guida nella settima arte usi pure i miei contatti, buona visione a lei e buon festival.»

Accanto a lui il posto è vuoto, ma dopo pochi secondi lo riempie, come da copione, Carmela con tutta la sua personalità.

Una carezza ai capelli di Bartolomeo e poi dice: «Scusa Bart, ero andata in bagno».

«Andy, le presento la mia Carmela, e Carmela, per favore, non mi chiamare così in pubblico.»

Per non alimentare imbarazzi (ma in realtà sembro imbarazzato solo io) lo liquido con un semplice «Ci conosciamo già, so che Carmela è una giovane artista», e faccio un occhiolino complice alla bella ragazzina.

Si spengono le luci, buio in sala, entra il cast e si accomoda sull'onda dell'applauso della sala grande.

L'applauso scema e mentre la voce ufficiale del festival annuncia con solennità: «Sono presenti in sala... tizio, caio e sempronio» il signor Bartolomeo mi si avvicina e in un orecchio mi dice: «Sa, sono qui per Carmela, fa l'artista, dipinge, canta, scrive, ma secondo me è curiosa di questo mondo, non mi stupirebbe con quella sua verve vederla un giorno in questa sala ma sullo schermo... sa qual è il suo soprannome, che è diventato anche il suo nome d'arte?».

«No, mi dica» dico sempre sottovoce e curioso come una scimmia.

«Carmela fin da piccola era frizzante, Carmela in arte è Champagne, come l'abbiamo sempre chiamata tutti in giro per il mondo.»

Sembriamo due bambini che si dicono i segreti nelle orecchie. Carmela ci interrompe con autorità: «Shut up, ora basta, mi sembrate i due vecchietti del *Muppet show*, io sono la burrosa maialina Miss Piggy, ci manca solo la rana Kermit. Dai, papà, smettila di importunare il signore e portiamo rispetto alla settima arte!».

Aneddotica da ristorante

Poi, dopo che la conferenza del mattino è trascorsa tra i mille auguri di cast, regista e produzione al nostro Berto Martini, dopo che la giornata è proseguita tra i soliti saluti, sorrisi, strette di mano e incontri di lavoro, la sera è ora di rilassarsi a cena con tutta la W, a parte Dolores che è a casa con Dabliù. Con noi c'è anche il nostro giovane talent Samu Ribolla.

Niente contro il pane e salame che rappresenterà la proletaria e onesta cena di Benny, ma noi siamo fedeli alle tradizioni e ci sediamo a un tavolo del ristorante Valentino, uno dei nostri rifugi preferiti quando ci troviamo al Lido. Anche se preferisco non portare Dabliù a cena con noi a causa della sua bulimia. Pazienza, eccoci con le ginocchia sotto al tavolo nella veranda più fresca vicino a un romantico ponticello inarcato sul canale che sembra dividere il mondo AM dal mondo PM, la zona del Palazzo del Cinema dalla zona dei ristoranti: non mi stupirei spuntasse Caronte a traghettare anime cinematografiche dal mondo della luce al mondo del buio. Insomma, le tradizioni vanno onorate e rimane uno dei migliori ristoranti di pesce del Lido, e si sa che mangiare bene al Lido durante la mostra è cosa assai rara almeno quanto la riconoscenza degli attori che porti al successo. Già dopo le cappelunghe alla griglia, l'allegria e gli aneddoti la fanno da padroni, e c'è Samu Ribolla che ovviamente ascolta a bocca aperta tutte le scenette e le gag che fanno da sfondo al nostro variopinto mondo.

Tra una risata e l'altra c'è Orazio che mi suggerisce: «Andy, raccontagli di Cannes, della camicia!».

Veronica alza gli occhi al soffitto. «Ma no, dai, la sappiamo a memoria la storia di Cannes e della camicia!», ma Orazio ribatte subito: «Samu non la sa!».

Io, quando c'è da raccontare aneddoti al ristorante, non mi faccio mai pregare. Se poi ho un aiutino alcolico, divento ancora più simpatico.

«Allora, Samu» inizio «tu sai come chiamo i miei attori? Gli attori UAU. Per essere in W devi essere UAU, unico, ambizioso, umile, insomma, sai che, entrando alla W, sei diventato compagno di scuderia di nomi leggerissimamente famosi del mondo del cinema. Tipo la nostra cara Flores Cognac.»

«Sempre sia lodata» dice Veronica.

«Rendiamo grazie a Flores» dice Orazio.

«Dunque, Samu, Flores è proprio la nostra, e non solo nostra, vera Diva divina. Sarebbe spagnola, tecnicamente, ma dato che ha scelto l'Italia come residenza e che ha degli antenati a Polesella, vicino a Rovigo, la considerano tutti italiana.» Pausa, bevo un sorso di rosso... creo l'aspettativa. «A Hollywood le fanno interpretare l'italiana o la spagnola a caso, tanto non hanno mai capito la differenza tra Italia e Spagna, per loro è la stessa cosa. La nostra Diva divina, caro Samu, è una star internazionale di quelle vere, di quelle che parlano cinque lingue perfettamente, con una sfumatura di accento che sta a metà tra lo spagnolo e il francese che la rende irresistibile.»

«*Siamo gocce di ghiaccio sull'orlo del mondo*» la imita Tina proprio con quell'accento preciso, scatenando l'ilarità collettiva.

«È la frase finale di *Viaggiatori boreali*, vero?» dice Samu.

Gli sorrido e mi ribagno le labbra con il sangue di bacco. «Bravo Samu, che hai studiato la storia del cinema! Allora, guarda, siccome il talento magari è connaturato, ma non si diventa Flores Cognac solo perché un po' sai recitare, ti posso dire che lei è arrivata dove è arrivata con grandi sacrifici. Nei fatti è anche alquanto generosa, nei soldi molto meno, ma in senso buono, non perché sia avara: perché non è nata ricca, e del denaro conosce il valore. Comunque lei è una manager, una fabbrica ambulante di profitti, produce denaro dove cammina. E ovviamente ha tutta la sua corte intorno, assistenti, parrucchieri, sarte, truccatori, stylist, però sa fare tutto anche in proprio, perché, appunto, è una persona concreta. Ci sei?»

Miss Cognac, peraltro, è quella che nell'ambiente chiamiamo «la frociarola», un'attrice che ama essere circondata dalla comunità gay che la ricambia e la adora e rappresenta tanto di quello che vorrebbero essere. Esteticamente non è lontana da una drag queen. Togli la parrucca, il filler, la dentiera, le lenti colorate, le ciglia finte, tre dita di cerone, i bustini, le calze contenitive, ecco se togli tutto togli anche Flores, perché dovresti chiamare la mitica Sciarelli di *Chi l'ha visto?* per ritrovarla.

Una manciata di anni fa eravamo in Svizzera insieme per un evento di un famoso brand del lusso di cui Flores era testimonial. Avevo una mezz'oretta libera e avevo deciso di concedermi una coccola nella Spa dell'albergo a ottomila stelle.

Scendo nella zona sauna con il mio bell'accappatoio morbido come il manto di Dabliù e mi imbatto in una presenza che ha qualcosa di familiare, una anonima signora bassa con piccoli occhi neri dietro a occhiali da vista spessi come non pensavo esistessero, pochi radi capelli sfibrati che escono dal cappuccio dell'accappatoio. Flores ha sempre negato fosse lei, ma io ancora vivo nel dubbio, nel forte dubbio.

A una buona fetta di gay piace l'eccesso e lei ne è

la massima espressione. Diciamo che il less is more della Chanel con lei funziona poco. E mentre la descrivo mi viene in mente Dolly Parton: sarà un'associazione, o l'alcol.

«Ci sono» dice Samu.

«Ok. Allora, è il 2010, siamo al festival di Cannes. Devo passare a prenderla per portarla al red carpet dove le daranno un premio alla carriera, solo che mi si sono accavallati quattro impegni uno sull'altro, sono arrivato al limite, il mio albergo è dalla parte opposta della città rispetto al suo. Insomma, non ho tempo per stare a vestirmi come volevo: corro fuori dall'albergo in smoking, con una camicia che ho addosso fin dal mattino, che di metterne un'altra non ho tempo. Faccio un sacco di strada a piedi, sudo, arrivo trafelato, arrivo in camera di Flores che sono uno straccio. Lei fissa la camicia, poi fissa me, poi di nuovo la camicia, e dice...»

Ma qui, come al solito, Tina mi anticipa per imitare Flores: «Andy, tesoro, ma dove vuoi andare stropicciato in questo modo?».

«E io le dico: "Flores, mi spiace, sono arrivato un po' stretto con i tempi, non sono riuscito a cambiarmi". E lei, che è già perfettamente agghindata, imbustata, pettinata, dice: "Togliti quella camicia". Io dico: "Flores, ma è tardi", e lei mette su il suo miglior tono da regina di Spagna e ordina: "Andy. Togliti. Quella. Camicia". Così, con le pause scandite.»

A questo punto stanno già tutti ridendo, anche quelli della W che hanno sentito la storia mille volte.

Ri-bevo il nettare degli dèi.

«Insomma, a quel punto cedo: mi tolgo la giacca dello smoking, mi tolgo la camicia, e già la scena è abbastanza assurda, capite, io che sono lì nella suite di Flores Cognac a torso nudo in compagnia solo dei miei peli bianchi. Ma diventa ancora più assurda quando Flores prende in mano la mia camicia, tira giù l'asse da stiro, e comincia a stirare la camicia davanti ai miei occhi esterrefatti. Sembra uno scatto sapientemente architettato da LaChapelle, e invece è tutto vero.»

Orazio è quasi catatonico dal ridere, così faccio una piccola pausa prima di proseguire con le battute finali.

«E allora io, preoccupatissimo, guardo l'ora, le dico: "Flores, ti ringrazio ma siamo in ritardissimo, ci stanno aspettando sul red carpet!". E lei, gloriosa e orgogliosa come al discorso di accettazione dell'Oscar: "Andy, tesoro, il mondo è abituato ad accogliere Flores Cognac solo quando Flores Cognac è perfetta... che aspettino!".»

C'è quasi un applauso finale, con Samu che pende dal mio racconto, estasiato.

«Che poi, diciamolo» chiosa la cinica Veronica «sembrava un gesto generoso nei tuoi confronti, Andy, ma in realtà l'ha fatto per sé stessa. Mica poteva farsi vedere sul red carpet con un accompagnatore men che perfetto.»

Io sorrido, allargo le braccia, finisco l'ultimo sorso e commento: «Mi sembra giusto. È la Diva divina».

«Oh, ma lo sapete che la Diva divina è innamorata?» aggiunge Tina.

Orazio è stupefatto. «Questa mi è nuova.»

«Sì, l'ho chiamata martedì per quella causa che ovviamente stiamo vincendo, quella stupidaggine del contratto con il produttore turco, e lei alla causa nemmeno ci pensava, zufolava, canticchiava al telefono, e quando la Diva divina fa così, ve lo dico, è innamorata. La conosco.»

«Speriamo che questo nuovo tizio abbia più di diciott'anni» chiosa Veronica, ma io mi riservo la battuta finale: «Se è minorenne, la difende poi Tina».

Altro giro di brindisi.

Ormai è tempo di richieste, per cui, dopo le linguine con bottarga di tonno e calamaretti, Tina mi incalza: «Andy, raccontagli quella dell'eredità!».

Samu mi guarda curioso, io faccio finta di tergiversare. «Oddio, qui mi sembra di mancare di rispetto a una signora anziana», e Tina: «Ma smettila, l'hai raccontata almeno settanta volte».

E allora mi tocca replicare la gag su Italia Nobile.

«Samu, lo sai senz'altro, Italia Nobile negli anni Sessanta e Settanta era famosa... macché famosa, famosissima! E, come tutti sanno, a ventun anni e mezzo, bella come Venere nella conchiglia, giovane, fresca, ha sposato il famoso regista Corrado Fornaroli. Che di anni ne aveva quarantotto, ne dimostrava ottanta ed era brutto come un topo.»

«Aveva un suo contorto fascino» mi contraddice Tina, ma lei ha dei gusti, come dire, eclettici.

«Insomma: vista la differenza d'età, a un certo punto Italia Nobile è rimasta vedova, proprio in quel momento della carriera di un'attrice dopo i trentacinque in cui sei la madre, la moglie, la sorella o l'amica del protagonista. E i registi hanno iniziato a chiamarla un po' meno. Lei si è adeguata, ha cominciato a lavorare per la tv, prima, e per le piattaforme, poi, ma sempre come se fosse il 1968 e lei fosse stata ancora la diva di Cinecittà. Per cui: pretendendo lo stesso trattamento da star, facendo capricci continui, ricevendo giornalisti e registi sempre e solo a casa sua, dove ha collocato il divano e le luci in modo strategico per apparire al meglio durante incontri e interviste. Ora alla soglia degli ottantacinque (dichiarati) è anche, ahimè, un po' sorda e ha problemi di memoria, per cui fa impazzire i registi e i colleghi che però le danno sempre ragione, perché Italia Nobile è pur sempre Italia Nobile...»

«E ovviamente si lamenta di Stefania Sandrelli» interviene Orazio.

«Sì, continua a lamentarsi che Stefania Sandrelli ruba tutti i ruoli che sarebbero destinati a lei, e me lo dice con un tono che significa sottilmente: "Forse la Sandrelli ha un agente più bravo". Valle a spiegare che Stefania Sandrelli ci sente perfettamente e non dimentica una battuta su quattro. Comunque: una sera siamo a cena io e lei qui al Lido. Al ristorante dell'Hotel Quattro Fontane, perché Italia Nobile non la puoi spostare dal Quattro Fontane, che è démodé, antico e affascinante come lei. Allora, lei è lì che si sta sbranando il suo soaso al forno, perché nonostante l'età non ha mica mai perso l'appetito. Per l'ennesima volta mi ha chiesto di convincere Valeria Bruni Tedeschi a interpretare la parte di sua sorella nel nuovo film...»

«Una credibilissima sorella» ridacchia Tina.

«... e io, pieno di imbarazzo, provo a dirle: "Ma Italia, proprio tua sorella?". "Magari, ecco, per una questione" e sto per dire anagrafica ma non la voglio offendere, "per una questione di equilibrio nel casting potrebbe interpretare, non so, tua figlia, o tua nipote". Ma lei niente: "No, Andy, voglio che lei sia mia sorella. Siamo entrambe di Torino, siamo perfette come sorelle, hai dei dubbi sul colore dei capelli? Ma dai, facciamo cinema, ci sono le parrucche!". E io sto un po' per sbottare, lo ammetto, ma poi ripenso alla storia del cinema, agli attori UAU e a tutti i film meravigliosi che Italia ha interpretato per la regia del suo defunto marito, *Il sale e la neve*, *Crepuscolo*, *Pioggia nera*... e così attacco un mezzo pippone su Corrado Fornaroli, con lei che continua a sbafarsi quel rombo liscio colossale che ha nel piatto, e alla fine le chiedo, candidissimo, romantico nei confronti suoi ma anche del cinema stesso: "Italia, ma alla fine, cosa ti ha lasciato di bello tuo marito?".»

Faccio una pausa. Guardo Samu, che aspetta solo che io concluda la storia.

«Italia smette di mangiare un attimo. Guarda nel vuoto, come se stesse per dire qualcosa di culturalmente altissimo, di profondamente amorevole. E poi riattacca a divorare il suo pesce dicendo: "La pensione di reversibilità".»

Ed è il trionfo, al tavolo del ristorante Valentino.

E più racconto queste storie e più mi ritrovo sempre a pensare che io non lavorerò mai con due categorie di artisti: gli arroganti e gli ordinari.

Finiti i racconti sugli attori, mi invitano – solo merito dell'alcol, anzi della vodka, perché invece è una storia su cui conservo gelosamente il segreto – a raccontare lo scherzo più grande che ho fatto all'industria. Ho sempre amato fare sorprese, ma questa volta era, diciamo elegantemente, uno scherzo, in realtà una beffa.

A Natale ho sempre fatto regali, simbolici o meno, a tutti i più importanti manager e artisti dello show biz. In molti conoscono il mio amore per l'arte contemporanea, quindi nulla di strano se un anno ho regalato cento opere numerate con tanto di autentica di Fake & Fraud, una coppia di misteriosi artisti concettuali che si impegnano a cancellare ogni notizia su loro conto in rete. «Un'opera molto solida» avevo scritto, «si chiama *Ossimoro*, e gli artisti l'hanno realizzata all'epoca del Covid per sottolineare il rapporto tra la concretezza, la solidità, la pesantezza della vita, la morte da una parte e dall'altra la leggerezza come unica chiave per sopravvivere alla quotidianità.»

Ossimoro era un sanpietrino con in cima una grande candida piuma bianca (bianca come i miei capelli) incollata da una colata di vernice rosso sangue vivo. Cento pezzi unici e tutti diversi.

Il regalo era stato molto apprezzato: negli anni mi è capitato di ammirarlo negli scaffali degli uffici di grandi produttori e manager che gli hanno riservato il posto di prestigio accanto ai vari premi, tra un David di Donatello e un Nastro d'Argento o accanto a un Pizzi Cannella o uno Schifano.

Un piccolo innocente particolare: Fake & Fraud hanno rubato i cento sanpietrini dai cantieri romani e realizzato le opere nelle notti insonni. Con tutti questi indizi non è molto difficile capire chi si cela dietro questa coppia di misteriosi artisti. Un indizio lo avete letto poche righe fa.

E le risate della tavolata si sono trasformate piano piano in qualcosa di amaro e dolce, di innocentemente cattivo e diabolicamente buono, un nuovo ossimoro.

Un breve silenzio dopo le fragorose risate e uno sguardo interrogativo negli occhi di Samu: perché questa necessità violenta di ridicolizzare l'arte? Per ricordarci sempre che non salviamo vite?

Samu è diviso tra il fascino del genio e un sospetto di male di vivere, qui e ora. Un ruolo in cui io sono incastrato, e cerco questi espedienti per evadere e ritornare alla mia realtà più terrena.

Ma adesso è spaventato, ha paura che il binomio successo/cinismo sia l'unica chiave per difendersi. Non capisce se gli scherzi all'industria sono puro divertimento e un modo per riportare tutto a livello umano, o disprezzo per questo ambiente dopo tanti anni di lavoro. E teme di diventare come me, in questo caso.

Allora lo fisso in quei grandi occhi pieni di paura e gli dico: «Tranquillo, piccolo Ribolla, non diventerai mai così cinico. Tu sei un artista e difendi l'Arte. Io sono un manager e l'Arte la uso. È il gioco delle parti. Ti abituerai».

Sorride.

È giovane. Capirà.

Ma sorrido pure io, ripensando a quel che avevo scritto all'epoca.

OSSIMORO è un'opera che rappresenta il 2020 d.C.

Quando abbiamo cominciato il nostro lavoro di ricerca per la realizzazione dell'opera, il nostro approc-

cio al lavoro rispetto al passato è stato molto istintivo e denso di references già nel suo nome (Kundera, Pascoli, Manzoni...).

Cercavamo un'opera che fosse ricca di Storia, che la raccontasse e la tramandasse.

Avevamo in mente un'opera molto terrena e al tempo stesso contestualizzata con l'anno 2020, numeri ricchi di significati.

Nella smorfia napoletana il numero 20 è «'a festa», nei tarocchi indica Allegria, nella cabala il 2 è la dualità.

OSSIMORO rappresenta questa dualità, la pesantezza che l'universo mondo vive ai giorni nostri e la voglia e l'auspicio di candida leggerezza per il futuro.

Fake & Fraud

"Fake & Fraud" philosophy:

è l'opera l'arte non l'ego dell'artista
l'opera è rara e va protetta dalla rete
Fake & Fraud prediligono l'anonimato.
Sono le opere a rappresentarli.

Ma il segnale del disastro in arrivo, il segnale equivalente al sole e alla luna su Venezia, arriva mentre siamo già al dolce.

Il disastro in arrivo

«Oh, Andy, anche tu qui» dice una voce vagamente conosciuta. Mi giro, e c'è Rigoletto Biancolatte in compagnia di una famigerata figura minore del cinema italiano di serie B. Samu Ribolla non se ne accorge, ma appena vedono questo settantenne ormai cubico per quant'è grasso che cammina ansimando accanto a Rigoletto Biancolatte, questo rottame d'attore noto come Cesare Rebonato, Tina e Veronica sfiorano la più vicina posata metallica, e Orazio fa un gesto apotropaico molto discreto sotto il tavolo cercando di non farsi vedere.

Secondo me esistono tre tipi di persone: quelli che fanno la doccia bollente prima di coricarsi per lavare via il peso della giornata che si appresta a finire, quelli che si fanno la doccia gelata la mattina per caricarsi e affrontare la giornata con energia e quelli che la doccia no, meglio di no, rovina la pelle. Ecco:

Rebonato, dall'olezzo che lo avvolge, temo sia di questa terza categoria.

«Conosci senz'altro Cesare» dice Biancolatte, «sai, lui interpreterà mio padre in una fiction di Rai Uno, un ruolo che mi ha trovato De Rossi, e siamo venuti qui a discutere del rapporto tra i nostri personaggi.»

«Buona discussione» gli dico sorridendo, e lascio questa straordinaria coppia padre-figlio a trascinarsi verso un tavolo vicino.

«Santo cielo» geme Orazio. «Proprio a fine serata...»

«Che è successo?» chiede Samu Ribolla.

Orazio non si fa pregare. «È successo che è comparso Cesare Rebonato, e lui, non sono dicerie, è vero, è accertato, è conclamato, porta sfiga. Una sfiga enorme, atomica, sistematica su ogni film o telefilm o fiction in cui qualche produttore disperato lo fa lavorare. È tremendo, è il bacio della morte.»

Tutti ridono e, lo ammetto, rido anch'io. Anche se non dovrei, con i miei trascorsi.

E così facendo attiro il karma su di me.

Orazio ha appena detto: «Andy, racconta di quella conferenza in cui Benny presentava la sua fiction su Berlinguer e un giornalista gli ha chiesto...».

Tina continua la domanda: «Berlinguer avrebbe mai immaginato di essere interpretato da un attore di nome Benito?».

Faccio appena in tempo a dire: «E Benny ha risposto...», quando mi suona il telefono.

Rispondo.

Ascolto quel che mi viene detto, incredulo.

E dopo, poco eroicamente, svengo.

Tutti noi alla W guardiamo *Call My Agent*, riconoscendoci in questo o in quell'altro personaggio, in questa o quell'altra situazione. Tutti tranne Roberta, che a suo dire, quando torna a casa alle diciassette, si rilassa con vecchi episodi di *Colombo* o *La signora in giallo*. Ma secondo me, in segreto, pure lei vede *Call My Agent*, o chissà come passa le sue giornate dopo le diciassette.

Orazio dice spesso: «Andy, praticamente è la nostra vita, è neorealismo! Non hanno trovato un attore albino di Ostia e allora ci hanno messo Maurizio Lastrico che è genovese e roscio, per il resto è identico a te!».

Forse hanno usato l'escamotage del "roscio" per sottintendere il portasfiga? D'altronde si sa quello che si dice dei rossi, no? Puzzano, portano sfiga e addirittura in alcuni paesi del Meridione si dice: «Rosci e cani pezzati ammazzali appena nati». In realtà lo diceva in tono quasi affettuoso anche nonno a papà, di tanto in tanto.

Io in quei casi rido e chiedo: «Tina, che dici, posso chiedere i danni?».

Ecco: io spero che quel che sta succedendo in questi assurdi giorni si riveli un elaborato scherzo, una specie di episodio di *Call My Agent* in stile *Scherzi a parte*.

Perché le assurde, inaccettabili parole che il karma ha attirato su di me per via telefonica hanno detto questo.

Mentre noi ce ne stavamo belli tranquilli da Valentino a raccontare aneddoti su Flores Cognac e Italia Nobile, Benny scendeva dal vaporetto, attraversava i giardini della Biennale per andare verso il Circolo 3 Agosto.

E a un tratto gli si sono parati davanti quattro uomini mascherati.

Si sono avventati sul povero Benny.

Lo hanno riempito di pugni e calci fino a mandarlo all'ospedale. Mentre lo picchiavano inneggiavano al Duce e a Hitler, rendendo chiaro il motivo dell'aggressione. Poi sono scappati.

E io, ancora una volta, ho un attore che non può presentarsi alla conferenza stampa del suo film perché è ricoverato all'Ospedale San Giovanni e Paolo di Venezia.

Ditemi che è davvero *Call My Agent*, quest'incubo.

Ve ne prego.

La macchia

E di dormire non se ne parla, questa notte.

Quando siamo tornati in casa dopo la notizia dell'aggressione a Benny c'era una tristezza cosmica da spararsi, tanto che continuare a bere al tavolo della sala da pranzo mi è sembrata un'ottima soluzione per affrontare al meglio questo concatenarsi insensato di eventi.

Solo che tutti quanti sono crollati a turno, Dolores per prima, poi Orazio, poi Tina, il che vuol dire che in sala siamo rimasti solo io, Veronica, le sue sigarette e Dabliù che mi ronfa ai piedi, ignaro di motorini che investono attori e squadracce che picchiano altri attori.

«Amore, dai, tra un po' andiamo a dormire anche noi, che ne dici?» propone Veronica.

«Sì, sì, l'ultimo bicchierino e andiamo. Sai cosa mi viene in mente?», e lei alza gli occhi al cielo: mi ha già visto in sbronza triste, e sa che sto per partire con un insensato pippone su qualche evento significativo della mia vita.

«No, amore, non lo so, raccontamelo, ti prego. Vivo soltanto per questo.»

«Allora: avevo trentatré anni...»

«Come Gesù Cristo.»

«Sì, pensa un Gesù Cristo albino: l'avrebbero crocifisso molto prima.»

«Alla nascita.»

«Allora, ascolta. Ero con mia sorella. Nel weekend in quel periodo dormivo sul divano di casa sua (che poi era la casa di famiglia, il nido che la bloccava), perché nostro padre era appena morto e lei, che come tutte le figlie femmine era la cocca di papà, ha reagito con la modalità che conosceva a quel lutto, quindi cercando compagnia nella bottiglia e con una grave depressione e crisi suicide da cui, forse solo apparentemente, si è ripresa molto ma molto dopo...»

Anouk mi aveva svegliato. Albeggiava. Erano da poco passate le cinque del mattino, lei era appena tornata da una notte brava (avevamo organizzato una sorta di staffetta con gli amici per non lasciarla mai sola, ma si sa, alcuni amici alle volte è meglio perderli che trovarli) e io ero avvinghiato a Morfeo, spalmato sul divano del salotto, nella stanza che mi aveva adottato durante i miei pernottamenti del fine settimana. In quel periodo che durava da troppo tempo, Anouk era sempre entusiasta quanto io ero distante. Non scostante, non altero né infastidito, tutt'altro: semplicemente distante. Una distanza, la mia, studiata per non farsi male, non farsi coinvolgere troppo, una distanza non cercata ma fortemente voluta.

Quando era arrivata mi ci ero aggrappato con tutte le unghie, era la mia salvezza. Erano trentatré anni che convivevo con me stesso, mi conoscevo ancora poco, mi accettavo ancora meno, ma una certezza ce l'avevo ed era lei, la mia distanza, quell'amica che odiavo con tutto me stesso ma di cui ero gelosissimo. Lei evitava di farmi vivere le mie emozioni fino in fondo ma non potevo permettermi di litigarci, sarebbe stato deleterio per un esserino come me, deleterio per quell'Adriano facilmente impressionabile, delicato che tenevo chiuso a chiave in una prigione in fondo all'anima, anche se la chiave non l'avevo mai gettata, l'avevo solo smarrita. Era un incubo, l'idea di trovare la chiave e aprire la prigione in un momento inopportuno.

Anouk invece era carica di quell'entusiasmo infantile, e proprio in quanto infantile incondizionato, puro, ed era così generosa da dividerlo con me, il fratello tanto amato ma con cui si ha poco da spartire. Era tornata all'alba ed era leggermente alticcia, ma non per questo ciò che mi aveva mostrato poteva perdere di credibilità. Non si trattava di ipotesi, di supposizioni: era una fotografia, e in quanto tale concreta, tangibile, scientifica. Per l'esattezza erano più foto, il prima, il durante e il dopo, le varie fasi che potevano permettere un confronto, ma il soggetto sempre lo stesso.

Dormivo, ma evidentemente era un sonno leggero. Sentivo mia sorella armeggiare in cucina, pensavo al solito spuntino di quando si torna a quell'ora. Invece giocava con il suo nuovo affare, una lussuosa nuovissima macchina fotografica digitale appena acquistata durante una cena da un amico. Era in cucina, Anouk, e proprio in cucina, dove lo Straniero Fritz aveva passato la maggior parte delle sue ore negli ultimi anni anche addormentandosi come i cavalli, era cominciata la sua carriera da ghostbuster. Stava facendo le prove tecniche per capire il corretto funzionamento dell'arnese infernale, aveva fatto qualche scatto così, per gioco, per prova, o forse perché doveva fare quella foto... Insomma: viene verso di me, mi sveglia e dice: «Cosa ci vedi?». Io subito associo la frase a quella molte volte sentita nei film dove gli psichiatri chiedono al paziente cosa vede nelle macchie di inchiostro. Cosa ci vedo io? La cucina. Mia sorella ha fotografato la cucina alle cinque e mezza di mattina?

Poi, finalmente, meno annebbiato dal sonno, capisco che non mi ha svegliato solo per farmi vedere la cucina. Mi concentro un po', quanto basta per non sentirmi stupido nel non vedere quello che vede lei, e anche per cercare velocemente quello che lei vuole che io veda. Sono pochi attimi, ma Anouk è lì imbambolata che aspetta la sua conferma, la prova del nove, e in effetti, un po' perché mi ricordo il motivo per cui sto dormendo su quel divano e un po' perché mi suggestiono, le do soddisfazione e ne sono orgoglioso come un bambino che ha svolto bene un compito. Vivo la nuova scoperta con la mia distanza, mi sento un sorriso leggermente ebete stampato in faccia. Sono contento di quello che vedo, ma stranamente non sorpreso.

C'era qualcosa in quella cucina, su quella sedia di paglia, ed era una presenza che lei aveva fotografato: era una macchia. La macchia non era come spesso si immaginano le macchie, scure e disordinate. Questa era una macchia intangibile, eterea, angelicata, bianca ma candidamente trasparente.

«Cosa ci vedi?» mi aveva chiesto di nuovo, senza aver il coraggio di aggiungere altro.

Era entusiasta come una bambina, come una bambina che aspetta il proprio padre pescatore, l'eroe idealizzato che torna rare volte a casa, e quando torna è festa e non per il cibo che porta, ma perché si è di nuovo una famiglia completa. E quello che aveva visto Anouk, anzi quello che la macchina digitale di Anouk aveva visto e registrato, forse era proprio il padre, il nostro, quello che non vedevamo da quattro mesi, da quando aveva iniziato un viaggio diverso, un cammino che già solo in quel breve tempo lo aveva portato costantemente vicino a noi, dentro di noi. Presente sempre.

Veronica aveva finito la sua seconda sigaretta da quando avevo incominciato quel monologo, e aveva commentato col suo massimo di commozione. «Bello. E cosa c'entra 'sta macchia con Berto e con Benito, tanto per capirci? A parte il fatto che hai la sbronza triste e un pochino straparli.»

«C'entra col fatto che c'è qualcosa al di sopra di noi, qualcosa che trascende il razionale. E se mio padre era una presenza benevola, allo stesso modo ci può essere una forza malevola che adesso mi sta punendo per qualcosa di brutto che ho fatto.»

Si era alzata. «Bene. Dopo questa me ne vado a dormire. Tu ricordati che domani hai un pranzo in barca con gli americani. Buonanotte, amore.»

«Buonanotte a te.»

Avevo preso su Dabliù. «Andiamo a fare l'ultimo giretto per liberarci del curiosone notturno che fa cucù fra le chiappette, e poi proviamo a dormire pure noi due, va'.»

L'azteco

Poi ogni tanto qualche cosa va bene, per fortuna: il pranzo sulla barca del produttore americano è proficuo. Anche se in barca mi tocca sempre togliermi le scarpe, che è una cosa che detesto perché ho sempre l'incubo del calzino bucato, pure se l'ho controllato trenta volte.

Vogliono trarre un film dal romanzo di Gary Jennings *L'azteco*, e Flores Cognac avrà una parte importante, forse la moglie del protagonista in età, come dire, matura, o forse la regina degli Aztechi, che tanto, per gli americani, italiani, spagnoli, sudamericani sono tutti uguali.

Sono andato con Orazio, stavolta. E quando usciamo dalla barca soddisfatti e con un contratto praticamente in tasca, lui mi chiede: «Sai che non ho capito una cosa? Anzi, due».

«Dimmi, caro.»

«Perché hai voluto che venissi io, anziché andarci con Tina come fai sempre?»

«Be', Daniele», e lui alza gli occhi come ogni volta che lo chiamo col nome sbagliato «non sono andato con Tina perché, come forse avrai intuito, la cosa più etero su quella barca era il salmone che ci hanno servito, e non garantisco neppure sui gusti sessuali del salmone. Quindi immaginavo che il tuo abbigliamento da Joker in acido sarebbe stato apprezzato. In più, se proprio il produttore doveva provarci con qualcuno, inebriato dallo champagne, preferivo che ci provasse con te piuttosto che con me.»

«Ah. Quindi mi hai usato come vittima sacrificale. Grazie.»

«Prego.»

«Comunque apprezzo che tu sia fedele a Cedrik nonostante le tentazioni.»

«Ma più che altro, guarda, è che l'americano, come dire, se avessero fatto il remake de *Il buono, il brutto, il cattivo* non sarebbe stato né il buono né il cattivo. Era inguardabile.»

«In effetti. Ho un'altra domanda.»

«Vai.»

«Perché di colpo ti sei presentato come Andy Von Schroeder? Da dove salta fuori il Von?»

«Be', Daniele, per come ragionano gli americani, qui in Europa abbiamo ancora le città stato, il re e i contadini col forcone che assediano il castello. Le origini nobiliari suonano bene, li fanno sentire fortunati ad avere un discendente di qualche famiglia di ricchi tedeschi sulla loro barca. Che importa se non è vero? C'era un deal da concludere, e l'ho concluso. Le bugie bianche non fanno male a nessuno.»

«Va bene, Von Schroeder. Però la prossima volta ti porti dietro Tina.»

Ci mettiamo a ridere.

Mentre stiamo per lasciare il porticciolo dove è attraccata la barca incrocio nuovamente Champagne, ma questa volta finalmente non ho più il dubbio che sia una escort di alto bordo. Shorts, T-shirt no logo ma di ottimo cotone, cappello di paglia, tutto rigorosamente bianco. La vedo togliersi i sandali e salire su una barca leggermente più modesta di quella dei produttori, ma pur sempre un 15 metri.

Orazio sembra non averla vista. Sembra che la veda sempre solo io questa presenza bianca, giovane regina del jet set.

Ci voleva un po' di ottimismo, un po' di leggerezza dopo la sequenza di disgrazie.

D'altra parte pure se adesso ho scherzato con Orazio/Daniele, non è che il sesso non sia mai stato una merce di scambio, nel cinema. La lista di chi è arrivato al grande e duraturo successo in cambio di favori sessuali è piuttosto lunga. In fondo io ancora adesso non riesco a sposare pienamente la causa di chi denuncia facilmente abusi, una giovane attrice sa molto bene quello che vuole ottenere se accetta un invito di un produttore in una camera di albergo per un appuntamento di, diciamo, lavoro... Quello che ferisce è che è sempre la settima arte a pagarne le conseguenze come se succedesse solo nel mondo dei lustrini & paillettes quando invece è pratica molto più comune in altri ambienti, dalle università, agli ospedali, all'editoria, alla politica. Persone che usano con coscienza il proprio corpo come mezzo, donne di facili costumi ci sono e ci saranno sempre, purtroppo persiste ancora anche la figura del maschio patriarcale che è uno schifoso approfittatore. Al netto di queste due realtà, di cui mi auguro la seconda in via di estinzione, mi piace ancora pensare che ci siano donne e uomini in questa industria che fanno sesso per il solo piacere di farlo.

Forse mi sarebbe piaciuto vivere in quegli anni in cui, come cantava Dalla, «*si faceva l'amore ognuno come gli va*», o, come cantava ironicamente Nadia Cassini «*a chi la do stasera la mia felicità*», piuttosto che in tempi in cui molte attrici in cerca dei quindici minuti di Andy Warhol, depotenziando le vere vittime di violenze e abusi che devono essere denunciati con durezza, approfittano del momento storico e partono con facili denunce.

Devi stare attento a fare un complimento perché diventi subito un molestatore, devi stare attento a come guardi («mi ha spogliata con gli occhi») e dove appoggi le mani («mi ha messo una mano sulla spalla e mi sono sentita violentata»). Ho visto carriere di innocenti rovinate per la superficialità, l'invidia e la vendetta di artiste/i mancate/i.

E con queste controverse ma convinte riflessioni nella testa, comincio a concentrarmi sulla conferenza stampa che Luce Ferrari avrà domani. Tolgo la modalità aereo dal cellulare, che avevo silenziato durante l'incontro col produttore. E subito trovo quattro messaggi e una chiamata persa.

Mi scuso con Orazio, lo lascio andare avanti e mi fermo per guardare cos'è successo.

Il primo messaggio che vedo nella classica anteprima me lo ha mandato Barbara da oltreoceano. Dice solo:

> Ma chi è mai questo qua che ti calunnia?

E ha allegato uno screenshot.

Il secondo lo ha mandato Tina, dice:

> Non ti preoccupare Andy, ora scopriamo chi si nasconde dietro questo profilo fake e gli facciamo causa.

E pure lei allega uno screenshot.

Il terzo è Cedrik.

Seppur distante lui sa sempre prima di me quello

che mi succede, un po' perché lo intuisce, un po' perché essendo notevolmente più giovane è molto più pratico di me su tutto ciò che è digitale e social. Lui sostiene che, seguendo tutti i miei clienti e contatti con un suo profilo fake, riesce a monitorare chi vuole danneggiarmi. Io sostengo che è il suo modo perverso per manifestare la sua gelosia.

> Sexyman... whats'up? Why this Fellini's name? This Venice edition, if possible, seems worst than the all the previous ones. Why? Please keep calm, I need you stronger than ever.

A sorpresa, il quarto lo manda Rigoletto Biancolatte. Ha scritto:

> Andy, mi dispiace, non ti meriti tutto questo, ti sono vicino, lo sai che ti voglio bene e che ti stimo.

I due screenshot, identici, sono presi da Twitter. Un tweet rilanciatissimo, peraltro, condiviso anche su Facebook.

Dicono:

> Non voglio mica dire che Andy Schroeder porta sfiga, ma se fossi un suo attore, piuttosto che andare a Venezia in questi giorni, mi darei malato.

Ecco, ora sono finito nel peggiore degli incubi. In

questo ambiente la tua carriera affonda non quando sbagli una mossa, non quando non ottieni un ingaggio, ma quando ti rifilano la nomea indelebile di portatore di sventura.

Chi potrebbe essere questo che mi accusa? Si fa chiamare Snaporaz, ma dubito che il personaggio di Mastroianni sia uscito da un film di Fellini del 1980 solo per il gusto di darmi fastidio.

Cosa potrebbe andare peggio?

Luce Ferrari che dà di matto, magari?

Mamma Luce

Oggi è il giorno in cui le pagine dello spettacolo di tutti i quotidiani titolano «LA GIORNATA DELLA FERRARI A VENEZIA», «LUCE ACCENDE NUOVAMENTE LA BIENNALE DEL CINEMA DI VENEZIA», «GRANDE ATTESA AL FESTIVAL PER IL SUCCESSO ANNUNCIATO DI LUCE FERRARI». Oggi è il giorno di Luce, e sembra che tutto il festival non aspetti altro. Luce con le sue trasformazioni divide sempre un po' critica e pubblico, ma alla fine ne esce da vincitrice e come per magia mette d'accordo tutti. Certo, per come stanno andando le cose non mi stupirebbe se in questa edizione non succedesse: in fondo qualcuno c'è che non aspetta altro che un suo passo falso per poter scrivere male.

Siamo nella green room, dove alle delegazioni che devono entrare in conferenza viene riservato un piccolo break per riordinare le idee, coordinarsi con il moderatore e prendere un caffè. È il momento in cui l'adrenalina comincia a salire perché sai che a pochi metri, nella stanza accanto, c'è la fossa dei leoni, giornalisti e critici accreditati da tutto il mondo che hanno visto, in una proiezione dedicata solo alla press, il film che verrà presentato in una delle giornate più lunghe della tua vita. Una giornata a cui sembra vengano regalate altre trenta ore di bonus dal Creatore.

I giornalisti sono pronti a osannare o distruggere, e sembra che si mettano tutti d'accordo in quei pochi minuti: gli italiani soprattutto, se possono evitare di incensare un connazionale, non ci pensano due volte. Chissà che senso di colpa malato vivono. Come ragiona la stampa italiana in quei giorni? I registi stranieri tutti geni, i registi italiani tutti mediocri tranne i tre *untouchables*.

Ma nonostante questo quadruccio poco accogliente, un po' per magia un po' per empatia e molto per talento, Luce ne esce sempre, e dico sempre, intatta. Siamo nella stretta e affollata green room, mentre io parlo con il produttore del film e Luce con la giovane collega che interpreta la figlia, i nostri sguardi si incrociano, Luce mi fissa e le vedo gli occhi lucidi e terrorizzati come non mai. Mi congedo dal produttore, vado da Luce, mi intrometto nella sua conversazione: «Luce, questo rossetto è troppo forte, non pensi che dovremmo andare SUBITO in bagno a controllare il make-up? Tu ci scusi, vero, giovane attrice che non ha bisogno di trucco?».

La prendo sottobraccio e la trascino con energia in bagno. «Luce, ora tu mi dici cosa succede, perché ti conosco, sei sul punto di cedere, dentro sei una valanga di lacrime e io non permetterò che queste escano e rovinino il lavoro di tre ore di quei disgraziati dei tuoi truccatori. Cosa succede? Voglio saperlo ORA!»

Luce mi guarda, mi fissa, i suoi occhi diventano enormi come quelli di Betty Boop e zampillano lacrime come una fontana: è in piena crisi, nasconde il suo piccolo viso con i suoi enormi occhi nella mia giacca e usa il rever come un asciugamano, mi prende la pochette dal taschino e si soffia il naso e tra un singhiozzo e l'altro dice: «Andy, ma non hai visto quanto è giovane e bella? I nostri due personaggi sul set non si sono mai incrociati, ma ora qui in conferenza è evidente: ho più di quarant'anni, ormai sono una vecchia, la stampa mi distruggerà, finalmente quello che aspettavano da tempo, è la prima volta che faccio una mamma, una mamma di una figlia così grande, peraltro... fino a ieri ero sempre io l'attrice giovane, cosa è successo? Sarà lei al centro del tavolo della conferenza. Perché tutto così improvvisamente? Andy, perché?». Il suo naso continua a produrre un muco schifoso e le cola ovunque, ovunque sulla mia giacca. «Andy, inventati qualcosa. Io non ci vado, non accompagno il film, andasse solo quella, tanto tutti la ameranno, con quella pelle tesa come una corda e i suoi tre metri di extension finte.»

Mentre la maledico dentro, per avermi rovinato la giacca che ormai è un misto di lacrime, muco e cipria e che doveva durare almeno per altre tre ore, la osanno fuori per affrontare la fossa dei leoni. Prendo quel faccino fra le mie due manone e mi accorgo di quanto è indifesa e terrorizzata, un uccellino. Penso subito ai miei merli del terrazzo e al loro volo solo pochi giorni dopo la schiusa delle uova.

«Luce mia, tu lo sai, il cognome lo abbiamo inventato, ma il nome no, e non è un caso, tu sei una Luce e illuminerai sempre il cinema. Gli anni passano, noi ci trasformiamo e miglioriamo, guardati dietro guarda quanta strada abbiamo fatto! Pensa al gelato Freeze e a quanto ti sei evoluta, a quante tappe hai bruciato e quanto tutto è stato veloce. D'altra parte, sei una Ferrari. La velocità è sempre tale, non solo quando lo vuoi tu. Ok, fino a ieri sei sempre stata la figlia e ora sei la mamma per la prima volta. Luce, doveva succedere, rassegnati! Le prime volte spaventano, ti dirò di più, arriverà come è successo per Italia e per Flores anche il momento delle nonne, ma questo sarà fantastico, vorrà dire che ci sarai ancora, che sei viva, e nonostante questo sarai sempre la bambina del Centro Palatino, sarai sempre anche la Luce che illuminerà il cinema con le sue performance!»

Dopo il mio sentito monologo recitato con convinzione, con voce molto calda e con grande attenzione alle pause, lei finalmente si riprende un po', torna seria, fa un sospiro e decisa dice: «Andy, è tutto bello quello che dici, ma tu non capisci, io sono sempre quella bambina fragile e indifesa e seppur anagraficamente giusta come madre non lo sono affatto come indole, come vissuto, come esperienza, sono totalmente fuori ruolo, non sono credibile, mi distruggeranno, avrò fatto un casino nel film, mi rovineranno, è la fine di tutto...».

E ricomincia a frignare.

Il mio pippone, ahimè, ha funzionato a metà. Bisogna passare alle maniere forti.

Le mie manone dal faccino passano alle sue spalle e faccio una cosa mai concessa a nessun cliente. Una delle prime regole che ho imparato è di mantenere con loro un rapporto amichevole ma non di amicizia, una giusta e sana distanza rende più lucidi e produttivi. Quindi è arrivato il momento, calo la carta delle grandi occasioni, è una grande emergenza e devo rinunciare alle mie regole. Le mie braccia diventano avvolgenti come le due ali della merla che covava sul terrazzo della W, mi concedo con tutto il calore che posso, la abbraccio forte per qualche piccolo secondo che sembrano tanti lunghi minuti, poi ci guardiamo negli occhi lucidi e dico: «Luce, ascolta, io ho fatto tanto per te in questi anni, ora tu fai una bella cosa per me, ti rendi presentabile, indossi un bel sorriso e chiedi a quella bambina del Palatino che hai dentro di recitare la parte di un'attrice che ha passato i quarant'anni e che porta il suo film in un festival e lo difende, è un gioco, uno spettacolo, la vita è un grande gioco, divertiamoci».

Luce mi guarda terrorizzata e con gli occhi ancora umidi fa un leggero cenno con il capo e io nella speranza che quel gesto voglia dire "Sì", mi autoconvinco che abbia capito, ma aggiungo comunque le ultime parole: «Io ora entro in sala conferenza e ti voglio vedere varcare quella soglia con la tua fierezza di sempre, sarò lì in prima fila ad ammirarti».

Giro i tacchi ed esco dal bagno, ma avverto ancora il suo tremore.

Entro in sala conferenza, e un po' deluso dall'essermi concesso ma ancora orgoglioso delle mie doti oratorie e con gli occhiali che nascondono i miei occhi umidi, senza farmi notare sposto subito i cavalieri del tavolo della conferenza.

Magicamente Luce sarà al centro, al posto che merita.

La sala è gremita di giornalisti di tutte le nazionalità. Raramente l'ho vista così affollata, posti in piedi non ricordo di averli mai visti, il che vuol dire due cose, film molto amato o film molto odiato. Comincio anche io in verità a temere il peggio, cerco di carpire dei segnali dalle facce di alcuni che conosco molto bene ma nulla, sono statue di sale, inespressivi al massimo. Si avverte l'impazienza perché sono lì in attesa da troppo e la delegazione non entra. Mi accomodo come promesso in prima fila e comincio a sentire una sgradevole sensazione, un nervosismo alle mie spalle, gente che sbuffa, qualcuno che batte i piedi, altri che tossiscono e mi dico che forse Luce non aveva tutti i torti: comincio seriamente a pensare che quel posto al centro tavolo rimarrà vuoto, Luce non entrerà.

Si apre la porta, comincio a sudare (tanto ormai la giacca è andata), entrano e si accomodano come se stessero andando di fronte a un plotone di esecuzione: la moderatrice, il distributore, la produttrice, il regista, il protagonista maschile, la giovane attrice, il tutto in un silenzio assordante, nessuna reazione dai giornalisti. Come temevo, Luce non esce. Non sono stato abbastanza convincente tanto valeva non concedersi. La moderatrice dà un colpetto al microfono per provarlo e rimbomba nella sala. Contemporaneamente si riapre la porta.

Luce entra con i suoi occhialoni che le occupano mezza faccia e uno sguardo smarrito ma che intuisco solo io dietro quelle lenti fumé, il suo tremore non si avverte dietro quel vestito oversize. Nella confusione cerca il suo posto all'estrema destra, o forse era sinistra, non ricorda, ma vede tutti i posti occupati e il cavaliere con il suo nome invece al centro. Stupita si posiziona lì, si toglie gli occhiali da sole come forma di rispetto verso i giornalisti e timidamente dal fondo della sala si leva un grido: «Brava amoreeeee!». Una misteriosa donna comincia a battere le mani seguita con grande convinzione da tutta la press, scoppia un fragoroso e lungo applauso. Anche questa nuova prima volta è stata decisamente ben accolta: mamma Luce ha convinto tutti, era il film atteso, la coraggiosa opera prima in concorso che tutti erano pronti a distruggere e che invece la performance di Luce ha salvato.

Abbasso con l'indice destro i miei Ray-Ban sulla punta del naso e mi visualizzo come la celebre immagine di Mastroianni in *8½*. Lei sul palco al centro dietro la scrivania, io di fronte in prima fila, ci fissiamo negli occhi commossi e con un accenno di sorriso sappiamo già cosa sta pensando l'altro: la Coppa Volpi miglior attrice è nostra. Un nuovo passo per entrare nel club che ci siamo inventati, per diventare una DUNV, cioè coloro che hanno vinto David di Donatello, premio Ubu, Nastro d'Argento e Coppa Volpi. Per l'EGOT, il club di quelli che hanno vinto Emmy, Golden Globe, Oscar, Tony, aspettiamo la prossima vita.

Una conferenza su tre siamo riusciti a farla, ed è stata un trionfo.

Ora manca solo Vera Bellini, e forse questa Venezia partita così male si rimetterà in carreggiata.

Un gesto nel vetro

«Mi dica, Andy: come è mutato il lavoro del talent manager nel corso del tempo?»

«Vede, faccio questo lavoro da oltre trent'anni. È sicuramente cambiato, ma quel che è cambiato e molto in realtà è lo stile di vita, e noi ci siamo adattati ai nuovi tempi e ai nuovi mezzi. E poi, soprattutto, sono cambiato io come uomo. Da giovane agente sono diventato un manager di mezz'età a cui piace anche diversificare e arricchire questa professione facendo incursioni nella produzione, nell'insegnamento e nei festival. Tutte attività che metto a servizio del mio core business, ovvero management e scouting di artisti, e che ritengo possano tenermi sempre aggiornato su dove sta andando il mercato e cosa cerca.»

Sto facendo quest'intervista in una delle aree lounge dell'Excelsior, già pronto a quel che mi aspetta dopo, ovvero la conferenza stampa di Vera Bellini. Oggi è il suo giorno.

Quindi mi sono presentato all'intervistatrice in smoking, perfettamente sul pezzo, con la questione "investimento di Berto Martini" e l'altra questione "pestaggio di Benito Brunello" relegate in un angolo della mia mente. Ora devo fare quest'intervista, poi devo accompagnare Vera sul red carpet, insomma, come si dice? The show must go on. Cerco sempre di rubare la vita al buio e riempirla di colori, anche nelle situazioni più complicate.

Mai come ora. E poi il mio cervello va in autonomia, forma le frasi da solo, forte dell'esperienza di tre decenni di interviste.

«... la ricerca mi ha sempre affascinato. Studiare qualcosa di impalpabile e cercarne le origini. Documentare il talento, esplorare cosa sia o come nasca, se è innato o se va invece costruito. Può essere la caparbietà stessa un talento? Ricevere dalle mani di un artista la gestione della propria carriera è una grande responsabilità. Negli anni ci si conosce sempre più a fondo, come uno di famiglia, si condivide la vita e questo comporta il vedere giovani uomini e donne crescere, evolversi come esseri umani, ma anche come artisti, accompagnandoli nel loro viaggio.»

«Tutto questo è molto bello.»

«Grazie... gli attori sono spesso esseri fragili, specialmente a inizio carriera. Calvino scriveva: "Alle volte uno si crede incompleto, e invece è soltanto giovane".»

Mi giro un attimo. C'è una spessa vetrata che non fa passare i suoni ma mi fa vedere fuori, attori e personale nel corridoio accanto a noi.

Intanto vedo dalla finestra che il cielo su Venezia si rabbuia e grandi onde si infrangono sulla riva. Sugli scogli del Lido si alza un vento violento. Ci mancavano giusto le condizioni atmosferiche avverse e un mare forza 9.

Tutto bello e suggestivo, se fossimo a casa davanti al camino.

Non esiste lacca al mondo che potrà fare miracoli con questa tormenta. E io penso ai capelli che copriranno completamente Vera sul red carpet.

Torno a concentrarmi sull'intervista.

«Lei segue anche talent internazionali. Nota delle differenze nel loro approccio alla promozione di un film?»

«No, non ne farei una differenza con i colleghi europei: la differenza sostanziale è culturalmente tra Europa e America. Gli americani si sanno sempre vendere meglio...»

E mentre sto rispondendo a quest'ultima domanda, vedo passare una delle persone che meno vorrei vedere in questo momento, un mio ex cliente chiamato Lorenzo Barricata.

Lo vedo, ma faccio finta di niente, perché di salutarlo non ne ho nessuna voglia, dopo i nostri trascorsi, e di salutarlo attraverso un vetro mentre faccio un'intervista ancora meno. Chissà se ha mai realizzato che metà del suo curriculum riporta titoli di film dove l'ho fortemente caldeggiato sull'onda dei rifiuti di Berto.

Ecco, sì, lo ammetto faccio anche questo, il gioco delle tre carte: arriva un film da protagonista per Berto? Berto non lo fa? Lo facciamo fare a Barricata! E se il regista o il produttore non sono convinti, che problema c'è? Lo riscriviamo, e IL protagonista bello e moro di trentatré anni diventa LA protagonista bionda, bella di quaranta. Quasi coetanei e sempre belli, basta cambiare il sesso, alcune battute, una manciata di relazioni familiari e il gioco è fatto! I ruoli da protagonisti rimangono in house. Certo, diventa ardua quando da aitante trentatreenne vuoi far diventare protagonista una incartapecorita settantenne, ma mai porre limiti alla provvidenza e alle doti di persuasione.

Solo che, con la coda dell'occhio, scorgo qualcosa che mi fa piombare all'inferno.

Lorenzo Barricata, vedendomi, ha fatto un gesto.

Lo stesso gesto di Orazio sotto il tavolo, all'apparizione di Cesare Rebonato.

E di colpo ritorno al 1982, a quel bar, a sentirmi dare del portasfiga per colpa di questo misterioso Snaporaz.

Il karma ha girato in modi inquietanti intorno a me.

I love you but I leave you

Sì, certo, a raccontare solo di Berto Martini e Luce Ferrari sembra che io abbia avuto sempre e soltanto dei successi spettacolari. Be', insomma, magari.

Ci sono quegli attori e quelle attrici che, semplicemente, non sono arrivati da nessuna parte. Avevo sbagliato io la valutazione, forse. Avevo visto in loro, forse, quella luccicanza, quel sentiero di luce dorata pronto a srotolarsi ovunque camminassero, e avevo invece preso un terribile abbaglio. E allora, dopo gli ultimi tentativi, le nostre strade si erano divise.

Ma quanti talenti non sono mai esplosi, invece? Nel calcio, per esempio. Quanti calciatori giovani sono stati etichettati agli esordi come il nuovo Maradona, il nuovo Baggio, il nuovo Totti, e poi sono evaporati dopo un paio di anonime stagioni per il semplice fatto che avevano preferito le serate in discoteca ai duri allenamenti, che si erano affidati troppo al talento e poco alla severa applicazione?

Li ho visti, io, li ho visti i nuovi Mastroianni, i nuovi James Dean, le nuove Meryl Streep, andare sul set troppo sfasciati dalla coca e dalla vodka della sera prima, dimenticarsi le battute, litigare coi registi, farsi terra bruciata intorno.

Altri, e sono quelli che mi fanno maggiormente soffrire, mi hanno lasciato per cercare di meglio. La W per me rappresenta il top, ma per loro non era abbastanza, non era mai abbastanza: se facevano i coprotagonisti in una grande produzione volevano fare i protagonisti, se facevano i protagonisti di un importante film italiano volevano fare i protagonisti in un importante film europeo, e se sfondavano in Europa non erano contenti fino a quando non si aprivano i cancelli dorati di Hollywood.

Poi ci sono quelli che io chiamo «i tabula rasa», che dopo tanta frustrante gavetta raggiungono il successo improvviso e devono cambiare tutto radicalmente, e quindi cambiano anche agenzia, la stessa agenzia che li ha aiutati a raggiungere quell'agognato traguardo ma che ormai appartiene al passato proprio come la loro gavetta. Si rinnega tutto, ora sono persone nuove, artisti riconosciuti e famosi e non hanno bisogno di persone intorno che minimamente possano ricordar loro le sofferenze, le umiliazioni, le porte in faccia, la fatica e i compromessi, non possono più essere associati a quando erano attori di serie C ora che giocano in un altro campionato. A me piace l'ambizione, ma dicevo: «Aspetta, una cosa alla volta, scaliamo il successo tappa dopo tappa».

No, niente, avevano fretta, Andy Schroeder era un pesce piccolo in un piccolo stagno, la W una congrega di dilettanti con tanto di buffo cane sempre in ufficio. E quando un attore internazionale di cui non voglio fare il nome mi aveva detto: «Andy, I love you but I leave you», nel sentirmi dire che mi voleva bene ma mi stava lasciando, io gli avevo fatto i miei migliori auguri, gli avevo stretto la mano, lo avevo abbracciato, e dopo, da solo, avevo pianto per mezz'ora violentemente catapultato negli anni Settanta. Quand'ero costretto con le mie gambine cicciotte nel carrello della spesa fra le corsie del supermarket (che mi sembrava enorme) in preda a crisi abbandoniche interiori a causa di mamma Rosa che andava a cercare prodotti in altre corsie. Se pur cinquenne già avevo una certa dignità, crisi mai manifeste. Morivo dentro a causa di una scatoletta di tonno, ma ero lì fiero e incastrato, senza dare confidenza a nessuno, con il solito sorriso disegnato in volto.

Per Lorenzo Barricata non avevo pianto nemmeno due minuti. Era uno dei tanti attori che, quando ti incontra, ti dice: «Ciao, come sto?», dove l'ego è presente 365 giorni l'anno, 24 ore al giorno, 7 giorni su 7. Non ci eravamo mai presi troppo, io e lui, non lo valorizzavo mai per il suo grande, indiscutibile talento, non litigavo abbastanza con le produzioni per dare risalto al suo ruolo, e alla fine mi era toccato dire: «Senti, Lorenzo, non so che dire, forse non sono l'agente adatto a te», e lui aveva annuito dicendo: «La penso allo stesso modo, Andy».

Ora, la sua carriera non ha fatto grandi balzi in avanti neppure con la sua nuova agenzia, ma almeno non sono io quello a cui telefona polemico e inferocito quando esce da un set sbattendo la porta. E ripenso nuovamente ai miei limiti, io non lavorerò mai con gli arroganti e ancor meno con gli ordinari, non sono l'agente giusto per loro.

Allora, vederlo mentre si tocca volgarmente i gioielli di famiglia, fa un effetto da grattugia sui miei nervi, provati dagli incidenti a Berto Martini prima e a Benito Brunello poi. Il trionfo di Luce Ferrari mi aveva riportato il buonumore, ci mancava solo Barricata...

Tra poco devo salire in camera di Vera Bellini, portarla sul red carpet, e mi raggiungeranno tutti quelli della W, a parte Dolores che è a casa con Dabliù.

Ma la chiamata persa arriva da una delle assistenti personali di Vera Bellini, per cui la richiamo subito.

«Andy, potresti salire in camera di Vera, per piacere?»

«Non dirmi che il vestito di Faggiani non è arrivato per tempo» azzardo.

«Non è quello il problema» dice.

E io replico tutto d'un fiato, alterato e saccente: «L'acconciatura peekaboo bang alla Veronika Lake non funziona, vero? Ovvio! Lo avevo detto! Capisco l'omaggio, ma Vera non deve nascondere nessuno strabismo, dai, non servono quelle onde bionde a coprirle il viso! Addirittura il governo americano aveva imposto alla povera Veronika di cambiare acconciatura perché creava troppi incidenti alle operaie che la emulavano, figuriamoci come Vera può domare questa acconciatura con il vento di oggi. Perché ci siamo infilati in questa storia? Dai, lo sapevo che non avrebbe funzionato...».

«Andy, straparli, magari fosse quello! Ti aspettiamo in camera! Ora!»

Un attimo dopo salgo in ascensore abbastanza preoccupato. E spero tanto che non entri qualche attore che stimo, non so, Marinelli: non sopporterei di vederlo toccar ferro in mia presenza.

Quando entro nella stanza di Vera Bellini, sento un livello di agitazione elevatissimo fin dal momento in cui varco la soglia.

«Non sappiamo cosa potrebbe aver causato questo problema» sta blaterando agitatissima la prima assistente, «abbiamo chiamato un medico, forse qualche forma di allergia...»

E quando arrivo da Vera, che sta piangendo isterica, mi crolla il mondo sulla testa bianca che mi ritrovo.

La mia attrice ha addosso il suo bellissimo abito

di Faggiani, ok, ma è piena di bolle in faccia e sulle braccia scoperte, quasi mostruosa.

Decisamente impresentabile.

Nuovamente il suono di un messaggio sul telefono... è Cedrik.

> And... I forgot to ask you... what does «porta sfiga» mean? Something like bad luck or what?

E mentre la testa comincia a girarmi, tanto che temo di svenire una seconda volta e devo appoggiarmi a una parete per evitare un crollo rovinoso, mi vengono in mente delle parole pronunciate tanto tempo fa... da chi? Chi era stato a dirmi: «Il male che hai scaricato sugli altri per allontanarlo da te prima o poi tornerà indietro raddoppiato»?

E io il male lo avevo scaricato su un poveretto, in una gloriosa notte del 1988.

Come si chiamava?

Ah, ecco: Giacomino Desideri, si chiamava.

3

The Rise and Fall of Andy Schroeder

Giacomino Desideri

La festa di carnevale, già, quella con Barbara vestita da Anna Oxa e io da David Bowie.

Ero felice, di notte, al ritorno da quella festa. Ripensavo a tutti i sorrisi e i discorsi e i baci appena vissuti.

Barbara aveva messo su una cassetta con le sue canzoni preferite di Vasco Rossi. Le piacevano più che altro quelle lente, e di quelle canzoni lente ce n'erano tre o quattro che in fondo piacevano anche a me. Ci eravamo messi a stonare *La noia* sotto la luna sulla strada di ritorno verso Ostia.

Erano finiti i miei incubi, era finita la mia triste adolescenza, era finita l'infelicità.

Ma solo perché l'avevo scaricata tutta su un poveretto di nome Giacomino Desideri, davanti a un falò, nel 1988.

Nel 1988 il mio tormento non era ancora finito. Ero un po' dimagrito, ma non certo dealbinizzato. E i miei Persecutori, instancabili, continuavano la loro quotidiana battaglia contro il Replicante, contro di me. Perché la noia, quella di Vasco Rossi, loro la combattevano così.

E io, che a Barbara raccontavo tutto, di quel tormento non avevo mai parlato. Era la mia vergogna privata, il mio inferno personale. Dovevo scontarla fino in fondo. Un giorno sarei andato via, sarei andato a Roma, lo sapevo, tutto sarebbe finito. Fino a quel giorno, subivo e stringevo i denti.

Poi, un pomeriggio, Barbara mi aveva telefonato. «Andy. Hanno arrestato Vasco Rossi.»

La notizia mi aveva lasciato abbastanza indifferente. Non stavamo mica parlando della venere Sade Adu, o del genio Mick Hucknall o del Dio David Bowie. Non ero un fan quanto lei, mi bastavano quelle tre o quattro canzoni, e quelle non si sarebbero certo autocancellate dalle TDK per via giudiziaria. «Ah sì? Che è successo? Droga?»

«Lo hanno fermato in macchina mentre era ubriaco. Gli hanno trovato della droga in auto, ma sai come fanno in questi casi, no?»

«Come fanno in questi casi?»

«Se vogliono incastrare qualcuno, la coca in macchina gliela mettono loro. E allora, Andy, stasera facciamo una cosa.»

«Cos'è che facciamo stasera?»

«Facciamo un falò in spiaggia, registriamo dei messaggi di solidarietà per Vasco e li facciamo avere a lui, o alle televisioni, a Videomusic, a Red Ronnie, a qualcuno. Chiama pure i tuoi amici, quelli del calcio, quelli di scuola, chi vuoi. Io ho chiamato un po' di gente, dobbiamo rimediare a un'ingiustizia.»

Ora, sinceramente: che avessero incastrato Vasco Rossi mi sembrava un po' un azzardo e detto tra noi mi importava pochissimo. Ma potevo mai dire di no alla mia Brigitte Bardot, alla mia Barbara Bouchet, alla mia amica?

Siccome io la noia dei pomeriggi a Ostia la combattevo giocando a pallone tra le siringhe, alla fine della partita avevo provato a convocare i miei compagni di campetto. Ma ognuno aveva le sue scuse, la sala giochi, gli amici, i genitori, e al falò in spiaggia era venuto solo il portiere, che era cicciotto come tutti i portieri da campetto, com'ero stato io qualche anno prima.

Il portiere era il più grande fan di Jerry Calà di tutti i tempi. Quando per convincerlo a venire gli avevo detto: «La mia amica Barbara magari ha portato anche delle amiche», lui aveva improvvisato un balletto alla Jerry Calà in *Rimini Rimini* recitando: «È tanto che aspettavo un'occasione così!».

E andando verso la spiaggia avevo incontrato anche uno che incrociavo per le strade di Ostia o in sala giochi, uno secco secco, storto e mezzo gobbo.

Veniva nella nostra stessa direzione, rachitico e silenzioso.

E così, in un trio da film comico – il gobbo, il grasso e l'albino – avevamo raggiunto Barbara intorno al falò. Ma qui, vedendo chi c'era, intorno a quel falò, mi ero paralizzato. Stupito, tradito, incredulo.

C'era Barbara, certo. Teneva in mano una videocamera, una Philip Explorer, mi sembra.

Ma seduti dall'altra parte del falò, tutti insieme, c'erano i miei Persecutori.

Mi aveva tradito? La mia migliore amica? Ma no, non sapeva niente... possibile che avesse invitato delle persone a caso a Ostia, e fossero venuti proprio loro? Che dovevo fare? Scappare?

«Andy» aveva detto subito Barbara «intanto stai calmo e non preoccuparti, stai tranquillo. Sedetevi pure, tu e i tuoi amici. Mi sono accordata con i ragazzi e le ragazze», e aveva indicato quei mostri maledetti con un gesto della mano «e oggi è un giorno di tregua. Non esiste Ostia e Nuova Ostia. Siamo tutti qua per Vasco e solo per lui. Oggi è armistizio, oggi c'è bandiera bianca, oggi nessuno fa male a nessuno.»

E mi aveva strizzato l'occhio come a dire: "Credevi davvero che non lo sapessi?".

E in effetti nessuno dei miei aguzzini aveva detto mezza parola nei miei confronti. Era davvero l'armistizio, quel giorno?

Più tardi, dopo che era successo quel che era imprevedibilmente successo, Barbara mi aveva spiegato il suo piano.

«Andy, tu non mi dicevi niente, io sapevo tutto, volevo risolvere il tuo problema, e allora ho fatto amicizia con qualcuno di quegli stronzi. Un paio non sono nemmeno terribili, si possono salvare... no, le ragazze no, sono stupide come la merda, e anche quello ricciolino ha un cervello che è un fagiolo, ma gli altri diventeranno delle persone decenti, magari anche delle hostess o degli steward, vedrai. Ora, non potevo mica dire: "Smettetela di perseguitare il mio amico Andy". Non funziona così, con quel tipo di gente. Ma abbiamo trovato una passione comune, a tutti loro piace Vasco Rossi, ho scoperto, e allora ho avuto quest'idea: se vi avessi riuniti intorno a un falò per una missione, per qualcosa di unificante, avreste fatto pace. Che ne sapevo che sarebbe finita così?»

Ci eravamo seduti intorno al falò. C'erano delle birre, avevamo iniziato a farle girare, mentre Barbara spiegava le sue regole d'ingaggio.

«Va bene, allora: adesso ognuno di noi dirà qualcosa su Vasco, un messaggio, una dichiarazione, oppure recitate il verso di una canzone, quel che volete. Io filmo tutto e poi spedisco la cassetta a Videomusic.»

I Persecutori avevano approvato con entusiasmo, io avevo annuito, e la videocamera aveva iniziato a riprendere.

Una delle ragazze aveva esposto un cartello con scritto VASCO LIBERO e aveva urlato un non troppo elaborato «Vasco ti amiamo, siamo solo nooooooi!», un altro si era studiato un efficace «Il rock non va in prigione, Vasco libero!», quello che nel 1982 si era messo a contare i replicanti aveva recitato a memoria il finale di *Vita spericolata*.

E io non mi ero accorto del gobbetto. Che, senza farsi vedere, si era allontanato verso il mare quasi distrattamente, con la sua birra in mano.

Quand'era toccato a me avevo citato la prima strofa di *Anima fragile*, che era la seconda canzone preferita di Barbara tra quelle di Vasco Rossi, e i Persecutori avevano rispettato la tregua senza fischiare, senza sghignazzare, senza insultarmi. Era il superpotere di Barbara.

Il grassoccio portiere aveva dato spettacolo: prima si era esibito in una sguaiata «*Cosa succede / cosa succede a Ostiaaaa*» tra le risate generali, e poi si era ricordato di non aver ancora citato Jerry Calà ed era riuscito a cantare *Vado a vivere da solo* sulla melodia di *Toffee* rispettando alla perfezione la metrica e suscitando grandi applausi collettivi.

E poi Barbara si era accorta del gobbo.

Che si era allontanato in modo finto distratto, bevendo la sua birra in riva al mare, dandoci le spalle. «Okay, manca solo lui» aveva detto Barbara.

Gli era piombata alle spalle, gli aveva detto: «Manchi solo tu!».

E quello, trovandosi una videocamera in faccia, si era trovato in trappola.

Giacomino Desideri.

Io, di certi compagni di campetto, non sapevo il cognome, solo il nome. Di altri neppure quello: solo i soprannomi, Pruzzo, Bomber, Zico. Che importa il nome quando devi soltanto passarti una palla?

E pure in sala giochi era uguale, quello era Mario Bros, quell'altro Donkey Kong...

Ma uno che di cognome fa "Desideri" te lo ricordi per forza, anche perché nonno Gigi, che pur conosceva la sua famiglia, era comunque convinto che fosse lontano parente di Stefano Desideri, centrocampista della Roma.

Giacomino Desideri si era trovato la videocamera addosso, gli occhi di tutti che lo fissavano, Barbara che lo incalzava perché dicesse qualcosa su Vasco Rossi.

Magari avrebbe potuto cantare una canzone, un verso o due. Forse ci sarebbe riuscito, a cantare. Sarebbe andato bene a tutti. Non gli era venuto in mente? Un attacco di panico?

Aveva aperto la bocca.

E dalle sue labbra era uscito: «V... V... Vas... co...».

Ero stato preso dall'orrore e dal senso di colpa.

Aveva mai parlato, Giacomino Desideri, in sala giochi? Avevo mai sentito la sua voce?

Come facevo a sapere che il povero Giacomino Desideri era balbuziente?

Barbara si era fermata subito, quando aveva capito perché il magretto gobbo aveva cercato di allontanarsi.

E i Persecutori, che erano stati bravi a rispettare la tregua in nome del loro idolo rock, si erano guardati a vicenda soffocando a stento le risate.

Quel giorno Barbara voleva liberarmi dai Persecutori in un modo creativo e insolito, dei suoi. E c'era riuscita: avevano smesso di perseguitare il Replicante albino, avevano cominciato a tormentare il gobbo balbuziente, il loro giochino nuovo. Che avrebbe passato tutto l'inferno che avevo passato io nei sei anni precedenti.

Ma sapete che vi dico?

Un po' per uno.

Mors tua, vita mea, Giacomino.

Mors tua, vita mea.

La ruota gira: dopo pochi mesi la maggiore età è alle porte.

Dopo trentaquattro anni, e fra le lacrime di gioia di papà e zia, il 9 novembre dell'89 cade il muro di Berlino. E io già da mesi sono libero di passeggiare con il mio walkman anche per piazza Gasparri alla Nuova Ostia.

Ziggy

Quella notte, nel dormiveglia, era tornato a trovarmi il mio vecchio amico.

Già: come tutti i bambini soli, nella mia infanzia da fantasmino mi ero creato un amico immaginario. Aveva cambiato nome e sembianze man mano che crescevo, ma era sempre stato un ottimo compagno di dialoghi e conversazioni che si svolgevano nella mia testa. Aveva avuto le sembianze di Actarus, per un certo tempo, negli anni di *Goldrake*. Poi aveva preso il tono sbruffoneggiante ma scaltro di Han Solo. E poi, quando Barbara mi aveva fatto conoscere David Bowie e Andy Warhol, era diventato Ziggy. Con la Y finale nel nome, come me.

Ziggy aveva le movenze di Ziggy Stardust, il volto di Warhol, i capelli da albino. Ziggy era il mio amico superfigo, supersexy, geniale, alieno, androgino, inarrivabile.

Io gli chiedevo: «Ziggy, cosa posso fare con i Persecutori, non la smettono di tormentarmi, come posso liberarmene?».

E lui: «Andy, un giorno ti faranno pena. Pensaci, il momento di suprema realizzazione delle loro intere vite è stato, boh, ieri pomeriggio. In un anno che potrebbe essere il 2001, diciamo, ricorderanno questo periodo e piangeranno di nostalgia, come se picchiare te fosse il loro Oscar, il momento di massima realizzazione in quella che non vedo come non possa diventare una triste e noiosissima esistenza, se non moriranno di cirrosi epatica o in galera. E tu invece te ne andrai da qui, diventerai una stella, un uomo delle stelle, brillerai talmente tanto che nemmeno vedrai il fango che sono in realtà quei poveretti dei Persecutori. Devi solo resistere, Andy, resistere e aspettare».

«Oh, Ziggy, ma io non vedo l'ora che il tempo passi, io voglio invecchiare, Ziggy! Da vecchio i miei capelli bianchi saranno normali, tutti i vecchi hanno i capelli bianchi. Oppure voglio che cadano, voglio diventare calvo, senza neppure un capello sul cranio.»

«Davvero, Andy? Vuoi diventare uguale a tutti gli altri? Io ti sembro uguale a tutti gli altri?»

«No... Ziggy, non ti sembra che nostro padre stia bevendo troppo, ultimamente?»

«Beve chi si sente triste, Andy. Lui si sente triste. Si sente in trappola e non sa come uscire dalla trappola, se non in un bicchiere.»

Così, nella notte in cui avevo passato la mia maledizione al povero balbuziente Giacomino Desideri, avevo parlato nel buio con Ziggy.

Era diverso, quella volta. Era Bowie, ma sulla copertina di *Station to Station*.

«Hai vinto, Andy. Adesso deve cambiare tutto, come tante volte sono cambiato io. Adesso, da Ziggy Stardust devi diventare Il Sottile Duca Bianco.»

Il Plastic

E avevo cominciato a ricostruirmi, libero dal peso dei Persecutori. A buttare via il grasso rimanente in palestra, a vestirmi meglio, ad affinare i modi. Camminavo come Il Sottile Duca Bianco, fumavo come lui, piegavo la bocca come la piegava lui.

E quando una famosa agenzia di modelli mi aveva chiesto di andare a Milano, io ero andato a Milano per conquistarla.

Avevo conquistato – anzi, è difficile capire chi prima ha conquistato l'altro –, per cominciare, uno dei suoi templi pulsanti: il Plastic, il mitologico Plastic. Il locale dei locali, un posto adatto a quel Thin White Duke che di Ostia stava riponendo in un cassetto anche l'accento.

Santo cielo, in quel posto aveva camminato Andy Warhol, al Plastic era entrato e ne aveva respirato l'aria Andy Warhol, e ora ci camminavo io... ed Elton John, e Madonna, e Prince, e la divina Grace Jones...

Essere albino, al Plastic, era come essere biondo, o castano, avere i baffi o essere uno dei bambini mori alla comunione nella chiesa di Ostia. Il Plastic era il luogo dell'amore, ma per me anche del lavoro: per me le due cose vanno sempre a braccetto, non esiste l'uno senza l'altro. In quei bagni c'erano stati dei baci violenti e poi tanto altro, sempre con quella sensazione di fare qualcosa di losco amplificata dall'incubo dell'Aids che volava alto sulle nostre teste. In quegli anni moriva Rock Hudson e io scrivevo pensieri dedicati al sesso, allo spreco di sperma e alla mancata paternità. Un nuovo ossimoro che perpetuamente legava e slegava il sesso e la famiglia che sognava il piccolo Andy combattuto tra il vestito con il saio bianco a Regina Pacis e il nudismo nei laghi ghiacciati.

H.I.V.
Sensualità,
forti odori selvaggi
pericolosi incroci
sfrenate libido
iniezioni d'energia
sudati corpi
sangue bollente
futuro assente
per sprecati orgasmi.

Insomma, mi divertivo e mi terrorizzavo, ma non perdevo mai di vista l'obiettivo, il lavoro. Era lì che incontravi ex colleghi della moda ma anche dei giovani artisti e alcune key person dello show business, alcune delle quali ritrovate decenni dopo al Burning Man, l'affascinante festival di otto giorni nel deserto del Nevada dove migliaia di persone celebrano la creatività in una metropoli temporanea.

Ma non era stato al Plastic che avevo sentito quella frase sul male che ritorna raddoppiato.

Forse al Locale? Era stato a Roma, al mitico Locale di vicolo del Fico, tra piazza Navona e Campo de' Fiori?

Il Locale... a metà degli anni Novanta, quando in quel corridoio lungo e stretto, in quei 180 metri quadrati ci trovavi Rocco Papaleo e Daniele Silvestri, Valerio Mastandrea e i Tiromancino, il buttadentro era Picchio Favino, e c'erano Max Gazzè e Niccolò Fabi, e a volte ci capitava il figlio di Bob Dylan, altre volte Robert Fripp.

Io stavo aprendo la W, in quel periodo. Di giorno mettevo in piedi la mia agenzia, la sera facevo il barman in un locale del litorale chiamato Dottor Vagaps. Un barman dalle sembianze esotiche e col fisico del modello era abbastanza ricercato, dietro quel bancone. Se poi aveva una parlantina e un fare un po' da puttana, anzi, da profumiera che faceva credere qualcosa di diverso a tutti – ai cocainomani che si sarebbero fatti una striscia insieme a me, alle ragazze affascinate da quei modi così poco lidensi e ai gay cripto e dichiarati di tutte le età che mi trattavano come merce rara, agli etero di poter sperare in un'avventura, e infine ai solitari di ogni sesso di poter bere l'ultimo bicchierino della staffa – be', ero il barman sbagliato ma nel posto giusto.

Strano pensare adesso a questi tre locali così diversi e che rappresentavano tre anime così distanti: il Plastic il posto del cuore dove facevo i fatti, il Dottor Vagaps il posto dei "wannabe" dove lavoravo e facevo la profumiera, e il Locale il posto dell'energia dove esercitavo le mie doti diplomatiche e buttavo le reti, insomma, nel primo pescavo potenziali amanti, nel secondo i soldi che mi facevano campare, e nel terzo futuri clienti.

Ma tra il Locale e qualche ritorno al Plastic, io a poco a poco stavo formando il mio roster. Giovani attori, giovani attrici, stavano diventando la base del mio futuro.

E dunque, chi aveva pronunciato quelle parole profetiche, accanto al piccolo palco del Locale?

Chi mi aveva maledetto per gli anni a venire...?

Moira

Ah, ma certo! Ecco chi era stato a pronunciare quella frase infelice ma profetica.

Moira Orfei! Ovvero, quella che avevo ribattezzato Moira Orfei.

Era il mio primo David di Donatello, la prima volta che un'attrice della W era in gara per l'ambita statuetta. Non poteva essere altri che Luce Ferrari, ovvio, protagonista del giustamente celebrato *Nella mia ora di libertà*. Lei interpretava la figlia dell'ex membro di una banda di sequestratori che per una complessa serie di circostanze si ritrovava a intraprendere un viaggio con una delle vittime di un rapimento eccetera eccetera, una bella sceneggiatura, una bella regia, e una gran bella prova attoriale della nostra ex Luce Sinistra, perché lavorare di sottrazione non è un dono comune a tutti: bisogna pur sapere a cosa rinunciare.

Erano tempi primordiali, quelli, per la W e per me. I tempi in cui i messaggi si lasciavano in segreteria telefonica, l'artista ascoltava la segreteria, meditava, ti richiamava con calma, per organizzare un appuntamento ci voleva una settimana, non come adesso, che tutto deve essere velocissimo, immediato, che se non rispondi a una mail al volo rischi di perdere, e far perdere, un'occasione di lavoro.

Siccome era la prima partecipazione, il David di Donatello io allora lo mitizzavo, ora ho una giusta forma di rispetto. Il gruppo dei Nove, come le più accanite groupie, se lo guarda comodamente in diretta da casa mia con Dabliù e mangiando avidamente pizza e frittini, mentre io e la mia pancera a digiuno ce lo viviamo in sala costretti in quelle scomode e strette poltroncine e scappando in bagno a ogni pausa pubblicitaria.

Ora, dopo che ne ho visti una marea, la penso un po' come Fiorello quando ironizza sul fatto che alla cerimonia di premiazione sembra che sia vietato ridere e applaudire. Non si ride neppure se dal palco arriva una battuta esilarante, e guai ad applaudire il collega che vince!

Ma allora ero puro, ero vergine in questo mondo, e quindi non stavo nella pelle al pensiero che la prima artista che avevo ingaggiato, la mia Luce Ferrari avrebbe magari potuto trionfare. Ero ancora come Samu Ribolla, in un certo senso.

Qualunque red carpet mi emozionava, sapere che su quel tappeto rosso avrebbero potuto sfilare i miei assistiti, i miei amici, i miei attori e le mie attrici, mi faceva scoppiare il cuore al solo pensiero. Ora la penso sempre di più come Benito, «il vero premio è avere una carriera lunga», però devo ammettere che i David sono un'eccezione. La mattina della premiazione, quando la più alta carica dello Stato invita la delegazione del cinema in Quirinale, senti di fare qualcosa di bello e utile per il tuo paese, ti senti un ingranaggio del sistema. Gli artisti sono destinati tutti e per tutta la vita a essere vittime del giudizio altrui, spesso a subirlo... ecco, questo invece è un momento solenne in cui in pochi hanno la fortuna di essere giudicati e celebrati. Il cinema è lo specchio della vita e, diciamocelo, non sempre vince il migliore.

Insomma, alla vigilia della premiazione scalpitavo, e scalpitava pure Luce, dato che era la prima volta anche per lei. E allora mi aveva detto: «Andy, andiamo a farci fare le carte da Danya! Magari mi visualizza accanto a Piera Detassis e il suo tuxedo di velluto nero, sarebbe un segno no?».

«Danya? Chi sarebbe Danya?»

«Danya... per capire Danya la devi conoscere. Ma guarda che ci azzecca quasi sempre, eh?»

E allora eravamo andati da questa misteriosa Danya, che abitava in un posto mai visto sulla Laurentina.

Casa sua sembrava uscita dal film di Dino Risi *Sessomatto*.

Ricordate l'episodio *Un amore difficile*? Quello in cui Giancarlo Giannini, che interpreta un immigrato pugliese a Milano ingenuo e ignorante, si innamora del travestito Alberto Lionello, che sul lavoro si fa chiamare Gilda, senza capire che si tratta di un uomo. Quando lo scopre, dopo una repulsione iniziale, non resiste alla forza dell'amore e accetta la relazione con un maschio. Per poi scoprire che Gilda altri non è che suo fratello, partito per Milano quando lui era soltanto un bambino.

Tra le tante scene memorabili della storia del cinema, quella di Giannini che con voce dolente riassume tutte le sfortune di questo amore difficile, tra cui il piccolo dettaglio della parentela, con i due che alla fine, dopo essere andati in direzioni opposte con tristezza, cambiano idea e si allontanano nella notte milanese mano nella mano, mi è sempre sembrata significativa e commovente.

Be', dicevo, quando Giannini entra per la prima volta nel monolocale in cui vive Gilda si ritrova in una specie di confettone tutto rosa, con i poster di Marlon Brando e di Mina. Casa di Danya non aveva i poster, ma il colore era lo stesso. Era rosa tutto quanto, persino l'interno della tazza del water era color Big Babol.

E che dire di Danya?

Immaginate Moira Orfei, ecco, quella era Danya. All'epoca le definizioni erano meno precise, per cui si sarebbe definita «un trans».

In quella scatolina color Pantera Rosa c'era odore di zucchero filato, e da un giradischi usciva la voce di Édith Piaf.

La prima cosa che ci aveva spiegato Danya era stata questa: lei faceva le carte, ma non i tarocchi classici. Usava i tarocchi messicani, qualunque cosa fossero.

Questo lo aveva spiegato dopo essersi sdilinquita per venti minuti sui miei capelli, e sugli albini in generale che la facevano impazzire.

Aveva fatto le carte a Luce con grandissima concentrazione e sguardo assorto, chiamandola di continuo «chérie».

«Vedi, chérie, questa carta dice bla bla bla, questa invece dice bla bla bla, ma girando quest'altra viene fuori che eccetera eccetera eccetera.»

«Quindi?» aveva chiesto Luce. «Cosa significa in vista di domani?»

«Significa che domani vincerai, chérie.»

«Ommioddio!»

E si era messa a piangere per la gioia, la mia beneamata attrice. Luce aveva corso un po' con l'immaginazione e si era sentita subito la futura numero 19 del club dei premiati EGOT. Aveva subito sentito le voci dei colleghi Viola Davis, Mel Brooks e John

Legend che la invitavano a passare una serata con il club degli EGOT. Luce, un passo alla volta!

Poi era toccato a me sedermi di fronte a Danya, non prima che la Moira Orfei divinatrice mi avesse accarezzato a lungo i capelli e avesse cambiato il disco, passando da Édith Piaf a Joséphine Baker.

Aveva iniziato a girare le sue carte messicane facendo dei movimenti semicircolari con la testa piuttosto misteriosi. Ogni tanto diceva: «Uhm, ma guarda, uhm, ma guarda».

Poi aveva dichiarato: «Tu hai scaricato un po' di sventure addosso a un'altra persona, in passato. Comunque non devi vergognartene, sono cose umane, nessuno ha voglia di soffrire. Tutte le volte che ho un mal di testa tale che mi scoppia il cervello, sappi che lo passerei senza pensarci due volte a chiunque, al lattaio, al mio amico Pedro, a Luce. Un po' di mal di testa per uno non fa male a nessuno, concordiamo su questo, chérie?».

E intanto guardava le carte.

«Concordiamo senza dubbio.»

«Bene. Per ora non ci sono problemi, prospererai, crescerai professionalmente, vivrai tranquillo e sereno per lungo tempo, chérie. A un certo punto della vita avrai un essere vicino a te tutto bianco, forse un angelo vestito sempre di bianco, anzi no, vedo meglio, è un figlio riccio che gattona. Non devi preoccuparti di nulla, nell'immediato.»

«E sulla lunga distanza, invece?»

«Ma non ti preoccupare... sulla lunga distanza potresti anche essere morto, che ne sai, di che ti preoccupi?»

«Ma nel, come dire, malaugurato caso che io invece non sia morto?»

«Nel malaugurato caso che tu invece non sia morto, chérie, ricordati che il male che hai scaricato sugli altri per allontanarlo da te prima o poi tornerà indietro raddoppiato. Ma stai tranquillo, magari schiatti prima.»

«Questo le carte non lo dicono?»

Aveva sorriso indicando le sue pareti rosa. «Ti sembra un posto in cui si parla di schiattare, questo qui, chérie? E poi deve prima arrivare il figlio riccio che gattona!»

Il giorno dopo, Luce Ferrari in lacrime aveva stretto la sua statuetta da migliore attrice, come dicevano le carte.

E io avevo dimenticato quelle parole per tutto questo tempo.

Le tre del mattino

Apro gli occhi che ancora la mia stanza è immersa nel buio. Sento Dabliù, il figlio riccio, che russa, ricordo per l'ennesima volta che tutto quel che mi sta accadendo non rientra in quella rassicurante categoria tipo "Ah, che brutto sogno, ho sognato che un mese fa ero a Venezia e mi capitavano tali e tante sventure che ora ho la nomea di portare sfiga, che incubo orribile". No, Venezia e la triplice disgrazia rientrano nella categoria del reale.

Venezia e una sola conferenza stampa portata a termine di quattro previste. Ci mancava solo che un cecchino nascosto tra le bandiere internazionali che sventolano sulla terrazza della sala grande sparasse con la cerbottana alla superstite Luce Ferrari.

Nel mio letto di Roma, con Dabliù accanto a un orario imprecisato della notte, io penso: "Adesso mi ammazzo".

Ma infatti, che ci vuole? Non do fastidio a nessuno, adesso scivolo fuori dalle lenzuola, vado sul balcone, faccio tre passi, chiudo gli occhi e via che si vola.

Non sono pensieri che farei di giorno, lucidamente, ma la notte, in questi momenti di depressione, diventa uno scuro magma in cui ti fai risucchiare. Mi parte lo stereo mentale, *Jump They Say*, dove David Bowie parla dello schizofrenico fratellastro suicida. «Guarda come si arrampica, dicono, salta!, dicono...»

Cosa scriveva Francis Scott Fitzgerald, a proposito della depressione? Qualcosa tipo: «Alle tre del mattino un pacco dimenticato assume la stessa importanza tragica di una condanna a morte, e in una vera notte oscura dell'anima sono sempre le tre del mattino, un giorno dopo l'altro».

Allungo una mano per cercare lo smartphone. Non sono le tre, sono le quattro. Poca differenza.

E visto che ce l'ho in mano, lo smartphone, decido di farmi del male come solo in uno stato di abbattimento psichico si decide di fare volontariamente. Vado a riguardare un po' di meme che la mia bolla cinematografara ha preso a condividere nell'ultimo orribile mese.

Ci sono io accanto a Brandon Lee truccato come Il corvo che gli dico: «Vai tranquillo Brandon, su questo set le armi sono finte!».

Ci sono io accanto a Leo DiCaprio in versione Jack di *Titanic* che gli dico: «Vai tranquillo Leo, questa barca è inaffondabile!».

Ci sono io accanto a James Dean che dico: «Vai tranquillo James, fattelo pure il tuo giretto in macchina!».

La cosa peggiore è che non fanno neanche ridere. A parte quella in cui ci sono io accanto a John Travolta versione *Pulp Fiction* che gli dico: «Vai tranquillo Vincent, fai pure una pausa per andare in bagno e lascia fuori la pistola, cosa potrebbe mai succederti?».

Quella un pochino, vagamente, a essere di bocca buona, fa ridere.

Fisso il buio e riesamino gli eventi.

Berto investito da un motorino, okay, sfortuna, succede.

Benny picchiato dai fascisti, okay, sfortuna, succede.

Ma il vestito di Faggiani fatto trovare nella camera d'albergo ancora prima dell'arrivo di Vera Bellini, come consuetudine, questo abito inviato dallo sponsor che, incredibile a dirsi, conteneva delle fibre di nichel nel suo interno... difetto di confezione, sabotaggio, chi lo sa? Questo abito rivestito di fibre di nichel per la mia attrice che ha dovuto saltare la conferenza stampa per correre al Pronto Soccorso, lei che abbiamo scoperto essere allergica al nichel, maledizione?

La sola cosa buona, dice Tina, sta nel fatto che la causa che voleva fare Faggiani per la storia di Berto Martini fa la patta con questa storiaccia delle fibre di nichel, e nessuno alla fine farà causa a nessuno.

Tre casi in pochi giorni non possono essere solo sfortuna. Qualcuno sta colpendo la W? Qualcuno sta colpendo me?

La paranoia delle quattro del mattino al buio con le goccine che sembrano lontane un chilometro, quanto la distanza dal letto al bagno, sta suonando sui miei nervi come uno xilofono. È notte fonda: se chiamo i Nove adesso è la volta buona che veramente fanno quello che minacciano sempre, cioè bloccano il mio numero, e rischio così di perdere anche quella manciata di amici.

Qualcuno sta dietro le disgrazie dei miei attori? Chi?

Cesare Rebonato? Si sa che porta scalogna solo a guardarlo, e io adesso questa cosa non la dovrei nemmeno pensare, ma sono le quattro del mattino e sono da solo nel buio, posso pensare qualunque cosa. Mi odia per qualche motivo?

Il suo nuovo amico Rigoletto Biancolatte? L'ho visto mentre ero con Berto, e poi hanno investito Berto. L'ho visto al ristorante, e un attimo dopo mi hanno detto di Benito. Mi ha scritto un messaggio solidale, ed ecco la disgrazia di Vera.

Oppure quei due si sono coalizzati per colpirmi? Sobillati da De Rossi, ecco, ecco, loro sono la squadra della morte, il trio De Rossi, Rigoletto Biancolatte, Cesare Rebonato...

... e se fosse un falso amico?

Un insospettabile, che ne so, Orazio, ecco, fammi ragionare, dov'era Orazio nei vari momenti degli incidenti, dov'era, forse vuole farmi le scarpe, forse vuole prendere il mio posto, forse si sente sottovalutato alla W, e allora...

E se fosse uno dei potenti manager o produttori che anni fa hanno ricevuto *Ossimoro* e lo hanno messo in bella vista nello scaffale più importante? Scoperta la truffa si sono vergognati di aver tessuto grandi lodi di Fake & Fraud durante cene importanti in cui hanno messo a rischio la loro credibilità e inconsapevolmente ammesso la loro ignoranza, e allora...

E se fosse Dolores? Se fosse Dolores dato che, lo ammetto, una volta le ho urlato contro, una volta l'ho sgridata, le avevo affidato Dabliù durante una conferenza stampa e poi sono tornato e Dabliù stava vomitando, io mi sono arrabbiato, forse mi odia in segreto da allora...

... o forse i Persecutori, ecco, i Persecutori di Ostia, io li immagino mezzi in galera, mezzi grassi e calvi con delle mogli brutte e tristi, uno in cassa integrazione dell'Alitalia e gli altri a fare dei lavori spaventosi, ma invece non hanno mai smesso di odiarmi, hanno tramato alle mie spalle per trent'anni, seguendo nell'ombra la mia carriera, e hanno ordito un complicatissimo piano per attaccarmi...

No, anzi: i Persecutori si sono alleati con Giacomino Desideri, il balbuziente, tormentato gobbetto Giacomino Desideri, hanno formato una squadra per combattere un nemico comune, ma certo, ora mi sembra evidente che sia andata in questo modo, suona talmente logico...

... e se fosse Italia Nobile? Non le faccio fare il film che voleva, permetto all'agente della Sandrelli di rubarle i ruoli, dice lei, e allora ha messo in moto tutta la sua macchina di scagnozzi e conoscenze urlando «Muoia Sansone con tutti i Filistei!», ma certo, ma certo, Italia Nobile, come non capirlo prima...

Ho paura dei miei pensieri notturni, sporchi, maleducati, cupi e inoperosi. Non si addicono a quel corpo che la gente vede e giudica, non corrispondono a quell'idea diurna e solare di me stesso. Stento a capire quale sia la realtà: quand'è che vivo e quand'è che penso soltanto di farlo?

Alle quattro e quaranta, dopo altre dieci fantasiose ipotesi, faccio una cosa di una difficoltà, a dir poco, spaventosa.

Mi alzo dal letto, ma non per buttarmi dal balcone.

Mi trascino in bagno, evito di mandare un messaggio ai Nove e prendo le goccine.

Credo che sia meglio.

Zoom

«No, Barbara, guarda, dopo questa io mi ammazzo.»

«Smettila, deficiente. Guarda che prendo l'aereo e vengo lì a prenderti a ceffoni, sai?»

«Il tempo che arrivi da Los Angeles e mi sono già ammazzato. Troppo tardi.»

«E Dabliù? Chi ci pensa dopo a Dabliù?»

«Gli parlo. Gli spiego i motivi del mio gesto. Lui capirà. E poi lo lascio a Veronica, così ingrassa felice.»

«E Cedrik? E Rosa e Heidi? Pensa almeno a quelle due vecchie che vivono per te!»

«Ma figurati, hanno seppellito mariti e cani, sono donne, sono forti, svuotano un po' le sacche lacrimali e poi si torna alla vita.»

«Va bene. Se hai finito di dire stupidaggini, Andy, io ti ascolto. Spiegami cos'è successo.»

Sospiro. Barbara mi guarda con un leggero rimprovero ma anche con affetto e preoccupazione nel riquadro di Zoom.

«Allora. È successo che oggi avevo un pranzo di lavoro con Luciani e Benedetti. Sono quelli che vogliono fare il film sulla vita di Elsa Morante, e farlo interpretare da Luce Ferrari. Mi segui?»

«Be', sì, fin qui mi sembra tutto molto classico. La tua vita abituale.»

«Già. La mia vita abituale prima di Venezia. Comunque: volevamo parlare in via preliminare di questo film, prima di coinvolgere Luce in prima persona, ma anche vedere se si poteva coinvolgere qualche altro nostro attore. Magari un package, come fanno i bravi colleghi americani. Magari per fare Alberto Moravia, perché pare che Servillo abbia detto di no, e allora il ruolo è libero... e poi magari proporre uno dei miei talent per un ruolo minore, magari Diego Amarone nella parte di Marcello, il fratello della Morante, pure lui scrittore. Le solite cose, no?»

«Fin qua, direi di sì.»

«Allora, siccome Luciani e Benedetti sono dei satiri orrendi, due panzoni con i capelli finti tinti totalmente schiavi della bellezza femminile, mi sono portato dietro Tina. Sai com'è.»

«Mossa molto saggia.»

«Tina si è messa in tiro più del solito, per l'occasione... cioè, quando l'ho vista, ho pensato che Benedetti e Luciani ne sarebbero rimasti talmente estasiati che avrebbero subito fatto un contratto anche a Dabliù. Che tanto...»

«... non è più cane di tanti attori umani. Questa la ripeti sempre. Ma a me piace come battuta, quindi ripetila pure.»

«Allora siamo arrivati, tutti sorridenti, profumati, pronti a chiudere gli accordi. Ma io l'ho colto subito, il clima un po' teso e imbarazzato.»

«Oddio.»

«Eh. Ho iniziato a fare i soliti discorsi sul film, su Luce eccetera, e di colpo Luciani ha schiodato gli occhi dalla scollatura di Tina e ha detto: "Ci sono stati dei cambiamenti di programma, Andy".»

«Non vogliono più Luce? Ma come? La vogliono tutti tranne loro?»

«Si sono messi a dire che si è offerta per il ruolo anche Silvia d'Amico, e che in effetti sarebbe più adatta alla parte perché ha una certa somiglianza con Elsa Morante. Io mi stavo alterando un po' ma sono rimasto calmo, ho detto, ma con gentilezza, che Silvia d'Amico è una splendida attrice, sì, ma assomiglia a Elsa Morante come Giacomo Gianniotti assomiglia a Mike Bongiorno. Che poi chissà perché mi è venuto in mente Mike Bongiorno...»

«Boh, forse perché come la Morante ha iniziato ad avere successo negli anni Cinquanta?»

«Ma che ne so... comunque loro hanno tergiversato, hanno insistito con quella storia di Silvia d'Amico, poi è venuto fuori che forse Moravia lo fa quell'attore molto famoso a cui Luce Ferrari non va tanto a genio, dicono, anche se so benissimo che non è vero, e a quel punto io che sono calmo, buono e tranquillo ma in questo periodo sono un pochino nervosetto, sono scoppiato. Ho detto: "Luciani, tu sei quello che ha licenziato un operatore perché aveva un cappellino viola e il viola porta sfortuna, no? E tu, Benedetti, sei quello che non ha voluto quell'attore solo perché ha inavvertitamente aperto un ombrello in ufficio, vero? Quindi forse il problema sono io, non volete più lavorare con me perché credete in queste stupidaggini che si dicono su di me, vero?". Dopo, sì, forse mi sono anche un po' alzato in piedi anche se Tina mi tratteneva. E forse ho anche un pochino urlato in pubblico. Ma ne avevo tutte le ragioni.»

«E ti vuoi ammazzare perché Luce non farà Elsa Morante con quei due superstiziosi trogloditi e satiri?»

«Ma no che non mi ammazzo, dai, non ti preoccupare. Anche perché adesso vado a trovare Berto Martini, a proposito di gente superstiziosa, e se scopre che mi sono tolto la vita prima di salutarlo poi ci resta male.»

«Salutami Berto. E riprenditi, Andy, dai, è solo un momento sfortunato.»

«Sì, sì. È solo un momento sfortunato. Ciao, BB.»

«Ciao, Starman.»

Lapidatemi

Berto ha fatto un tale casino in ospedale che, secondo me, lo hanno mandato via prima del tempo perché non lo sopportavano più.

Il fatto che mi abbia dato appuntamento nella casetta sull'Ostiense e non alla villa, be', mi fa pensare che stasera a fargli da infermiera non sarà certo la moglie. Sempre che riesca a combinare qualcosa con le sue ammiratrici, conciato com'è dopo l'incontro con il motociclista pazzo.

Dopo un po' sono lì in casa sua che gli faccio il caffè, anche se insisteva per farlo lui con l'unico braccio integro. Non ha ancora imparato bene a girare con la sedia a rotelle e non vede l'ora di disimparare a farlo – «un paio di mesi» hanno detto i dottori – quindi sbatte di continuo contro i mobili.

«Te lo faccio io il caffè, dai, stai fermo e tranquillo» gli dico, e lui: «No, Andy, per carità, il caffè che fai tu non lo darei nemmeno al mio cane, perdonami».

«Perché, il tuo cane beve il caffè?»

«Ovviamente no, e il tuo?»

«Il mio lo detesta. Ogni volta che Dabliù viene lì sotto il tavolo a implorare cibo, io gli faccio annusare il caffè e subito gli passa l'appetito.»

«Ottimo metodo.»

Finalmente posso sedermi, bere il caffè – ha ragione: è una brodazza – e parlare di lavoro.

«Allora, senti: per le riprese di *Chi spara per primo...*»

«Cos'è?»

«Il poliziottesco.»

«Non si intitolava *Sei pallottole su Roma Nord*?»

«Hanno cambiato titolo mentre eri in ospedale. Allora, rinviare le riprese non si può, però ti vengono incontro con una modifica di sceneggiatura geniale: il tuo personaggio per buona parte del film è in sedia a rotelle, è stato ferito eroicamente per salvare un collega. Solo alla fine si rialzerà per salvare la situazione, e mi raccomando, Berto, dacci sotto con la riabilitazione, che le ultime scene le devi girare in piedi...»

«Sì, sì, tranquillo. Starò nei tempi.»

«Ok. Poi dobbiamo pensare al futuro. C'è una bellissima proposta per un film su Johnny Dorelli, grandissimo personaggio, poliedrico, cantante, attore, conduttore, secondo me tu saresti proprio...»

«Ecco, Andy, giusto di questo ti volevo parlare.»

«Di Johnny Dorelli?»

«No. Del futuro.»

Continuo a girare il cucchiaino nel caffè che ho appena assaggiato, come se mescolandolo diventasse buono. «Va bene, Berto. Ti ascolto. Sentiamo.»

Sospira. «Andy, sai che sto con te da più tempo di quanto sto con mia moglie, vero?»

«Certo, Berto, ricordo bene, anche il matrimonio l'ho organizzato io e non ti è costato un euro grazie agli sponsor, comunque diciamo che sono due relazioni diverse.»

«Bene. Io mia moglie la amo, lo sai, però, ecco... ogni tanto mi serve distrazione, perché subentra la stanchezza... e se subentra la stanchezza dopo un certo tempo arriva la morte definitiva della coppia, e ci si lascia.»

«Berto, per carità, permetti un consiglio? Tua moglie è una santa e una gran donna. Non stai pensando di lasciarla per una di quelle, perdonami, sciampiste che incontri qui ogni tanto, vero?»

«Non mi sto spiegando. Ti ho detto: con mia moglie non sono ancora arrivato al punto di rottura, perché ci sto da meno tempo di quanto sono con te. Ma ci arriverò. Temo.»

«Berto, ci ho messo la droga, nel caffè? Non ti seguo e non ti capisco.»

«Sto dicendo, Andy, che forse per noi due quel tempo è già arrivato. Adesso mi capisci?»

Ecco.

Non ho mai provato una scudisciata nella schiena, se non forse a qualche festa del Plastic. Ma ora sento la carne che si squarcia sotto la frustata che mi sta infliggendo Berto Martini.

«Berto, stai dicendo che...»

«Non ho ancora deciso, Andy. Ma mi sto guardando intorno. Bisogna cambiare, nella vita. No? Guardati intorno anche tu, dai. Intanto lo so che non mi hai ancora rimpiazzato con Lorenzo Richelmy solo ed esclusivamente per via del cognome, lo so che ti è sempre piaciuto da molto prima che si conquistasse il Marco Polo della grande N rossa... come la chiami tu. Magari è il momento giusto di rompere questa tradizione dei cognomi, liberati anche tu, alleggeriamoci.»

Appestato.

Sono ufficialmente un appestato.

Prendetemi a calci.

Lapidatemi.

Io sono l'albino che porta sfortuna.

Datemi fuoco su una catasta di fascine di legno.

Mi farà meno male che sentirmi dire ancora una volta «I love you but I leave you», quando il sottinteso è: "Perché porti sfortuna, Andy".

Incontri sgraditi

Uscito da casa di Berto, piango un pochino sull'Ostiense. Se qualcuno mi vede dico che sto piangendo perché da qui è partito Pasolini per il suo ultimo viaggio, che il mio è un pianto post-pasoliniano, e che sia una spiegazione poco credibile, be', che me ne importa.

Quando mi sono ripreso è ormai l'ora di pranzo, e se non mangio qualcosa oggi pomeriggio combinerò ancora meno di quel che già combinerei messo come sono messo.

Vado al Porto Fluviale, che è a pochi passi. C'è anche il buffet, volendo, quindi devo anche parlare pochissimo con i camerieri. Meglio. Di parlare con degli esseri umani non ne ho voglia per niente. Voglio rimanere nel mio mondo, dietro i miei occhiali da sole e pensare solo a cose belle, io e Cedrik a Capri, io e Cedrik a Parigi, io e Cedrik nel taxi a Berlino, io e

Cedrik a ballare, insomma io e Cedrik dietro i miei scuri Ray-Ban Wayfarer, e tutto il mondo fuori.

Mi siedo in un tavolo d'angolo col mio polpettone, il mio riso basmati e la mia tristezza per il tradimento di Berto Martini.

Qui vicino c'è un'agenzia di colleghi. Spero proprio di non incontrare nessuno che conosco, nessuno che orbiti nemmeno vagamente nel mondo del cinema, perché non è proprio giornata.

E puntualmente, anticipato da un forte odore di abiti stantii che non vedono una lavatrice da mesi, arriva a distrarmi una voce da navigatore satellitare.

«Andy, ma ci incontriamo proprio dappertutto!»

Ecco, stupendo: qui al Porto Fluviale ci sono anche gli inseparabili Cesare Rebonato e Rigoletto Biancolatte con i loro vassoi in mano, pure loro provenienti dal buffet.

«Oh. Ciao» smozzico svogliato.

«Andy, non ti posso vedere mangiare da solo come un cane, ti facciamo compagnia.»

E prima che io possa dire: «No, guarda, sto benissimo da solo» si sono già seduti al mio tavolo.

Cesare Rebonato non parla, mangia a quattro palmenti noncurante della montagna di forfora che dalle spalle della giacca sta cadendo nel suo piatto. Rigoletto Biancolatte invece è ciarliero, ma ascoltare quella voce di metallo è sgradevole come trovare un capello lungo nel riso basmati.

«Comunque, Andy, che brutto mondo il nostro, eh?»

«Il nostro sarebbe... il mondo degli attori, degli agenti, del cinema?»

«Be', sì. Ci sono giunte voci...»

«Voci fondate» aggiunge Cesare Rebonato, parlando a bocca piena. Che schifo.

«... ci sono giunte voci che, dopo queste assurde accuse nei tuoi confronti, ti stanno lasciando tutti. Che ingiustizia, Andy, che grande ingiustizia! Dopo tutto quello che hai fatto per loro...»

Come posso togliermi da questo tavolo in maniera discreta e non troppo cafona?

Non c'è modo.

«Ma no, non mi stanno lasciando tutti... come al solito qualche film va in porto e qualcuno no, qualche cliente dell'agenzia è contento e qualcuno è scontento, sono le solite vicende del mio lavoro...»

Rigoletto nemmeno mi ascolta. «Allora senti, Andy. Io e Cesare ti stimiamo tanto, per noi sei un grande, sei il Numero Uno. Questo incontro casuale in questo ristorante forse ha un significato.»

«Ah sì? Quale?»

«Lo sai che abbiamo firmato per De Rossi. Però, in confidenza, Andy, i contratti di De Rossi sono talmente improbabili che tanto varrebbe stipulare degli accordi qui su questa tovaglietta, è un contratto che la tua avvocatessa, come si chiama...»

«Tina. Cioè, Roberta.»

«Gran bella topa» commenta Cesare Rebonato, delicatissimo.

«... ecco, Roberta quel contrattino lo farebbe a pezzi in cinque minuti e noi due saremmo liberi. Perché se tutti i tuoi attori ti lasciano, Andy, se la W si svuota, noi due, sappilo, noi due per te ci siamo. Sarebbe un grande onore per entrambi.»

Cesare Rebonato smette per un attimo di mangiare. «Non mi puoi più nemmeno liquidare dicendo che porto sfortuna, Andy, perché tanto lo so cosa dicevate voi della W alle mie spalle. Ora siamo nella stessa barca, io e te. La stessa barca, Andy.»

Li osservo esterrefatto.

Ho sentito bene?

Io, Andy Schroeder, nel giro di un mese dovrei passare dai miei attori UAU a questi due cagnacci senza appello? Ma nemmeno se fosse il 1987 e dovessi fare il casting per *I ragazzi della 3ª C*, ma nemmeno se dovessi piazzare due attori per quel film sui paninari, come si chiamava, *Italian Fast Food*.

Mi alzo in piedi con mezzo polpettone ancora nel piatto. «Grazie dell'offerta. Ora ho un appuntamento importante, importantissimo, essenziale per le sorti del mondo. Ci penserò su.»

Rigoletto mi sorride. «Ci conto, Andy. Ci conto davvero.»

Scappo in fretta.

Rigoletto Biancolatte e Cesare Rebonato? Ma piuttosto chiudo la W, la chiudo domattina, cambio mestiere, torno a fare il barman albino e sexy, un po' barman sugar daddy! Insomma, certo, non ho più il fisico di una volta ma già sento l'eco della voce di zio Primo che mi diceva sempre: «Adrià, ricorda sempre, sotto la panza... c'è la potenza!» quando gli facevo notare che il suo girovita cresceva.

(Ho l'età giusta per essere uno sugar daddy? Sono appena sotto il limite. Uno sugar daddy giovane, diciamo.)

Ma pur di non mettere sotto contratto quei due incapaci piuttosto apro uno stand fuori dall'Olimpico e vendo panini alla porchetta ai tifosi della Roma e della Lazio, santo cielo, no, no.

Anzi, piuttosto realizzo l'ambizione di una vita: commesso al ristorante dell'Ikea. «Quante polpette vuole? Otto o dodici? Le salse, tutte? Purè o patatine?»

Ci dovrà pur essere un modo sensato per uscire da questo delirio.

Ci dovrà essere un modo.

Mentre esco dal Porto Fluviale, vedo Rigoletto Biancolatte che mi segue con uno sguardo carico di amore e di speranza. Ci crede davvero, questo stolto, che io lo prenderò alla W.

Poverino.

Forse Rigoletto Biancolatte in segreto mi ama.

Forse Rigoletto Biancolatte mi ama e per questo un giorno mi ucciderà, come Mark Chapman con John Lennon.

Forse c'è lui dietro tutte le disgrazie che mi stanno perseguitando.

Figurarsi, quello sfigato di Rigoletto Biancolatte.

Mica sempre lo zoppo è Keyser Söze.

Chiesa degli artisti

Madonna mia, quanto è gremita la chiesa: sembrano tutte sardine appiccicate, ricorda la metro alla fermata di Termini alle otto e trenta del mattino.

Caspita, ci sono tutte e quattro le famiglie!

Quella degli attori: riconosco in prima fila sconsolati Benito e Samu, le due generazioni opposte che si stringono, Vera e Italia, molto belle così vestite a lutto firmate Faggiani, con un incarnato quasi trasparente come solo il pallore di un funerale può donare, Luce, casualmente accanto al suo mito Alba Rohrwacher, finalmente, ma neanche se ne rende conto tanto è distrutta... non vedo Berto, ma cerco meglio e si sta occupando dell'altra famiglia, le donne superstiti. Sta sorreggendo mamma Rosa, perché Anouk come a ogni funerale è svenuta, e zia Heidi è andata ormai con la memoria e potrebbe essere ovunque. Vedere tutta quella gente la rende felice e soddisfatta nella sua carrozzella, pensa sia una festa in mio onore ma non capisce perché sono tutti così afflitti e perché io non sia ancora arrivato.

Barbara sale sul pulpito, si schiarisce la voce, aggiusta il microfono, prende coraggio, guarda negli occhi in prima fila la terza e la quarta famiglia: da una parte gli amici storici con Pasticcino completamente smarrita, incredula, e dall'altra i colleghi della W.

Veronica accanto a Dabliù, Dolores e Tina che continuano a passare fazzoletti a Orazio e Roberta 1 accompagnata da una misteriosa e dura presenza femminile che non ho mai visto, con i capelli a spazzola e i pantaloni mimetici, che con una mano la sostiene e con l'altra asciuga continuamente il rivolo di saliva di una adolescente con distrofia. Ora capisco quelle periodiche richieste di aumento in busta paga, esigenza a cui ho poi ovviato anticipandole sempre dei bonus produzione. Certo, non potevo pensare che il segreto fosse quello, ora capisco perché viveva quelle ore alla W come evasione e distrazione. Ma la donna che l'accompagna sarà la badante della figlia o la sua partner della vita? Quante cose si scoprono a un funerale! Dovrei morire più spesso...

Barbara apre una Moleskine e con la voce spezzata comincia a raccontare aneddoti sul campeggio da piccoli, fino ad arrivare a leggere una delle poesie di Andy del «trombo periodo» di cui Barbara era stata fino a quel momento l'unica custode, cioè di quando era costretto a farsi di eparina tutti i giorni e aveva un ventre che sembrava una groviera ammuffita tanto era bucato e viola:

Ode alle mie vene

Quanto traffico in quelle autostrade della vita.
Siete dei fiumi che scorrono violenti.
Un liquido caldo rosso corposo che corre.
Si sente rincorso da una fine. Dei tubi che contengono una fuga.
Delle mandrie violente e compatte che galoppano libere e felici.
Un affanno per raggiungere un traguardo senza nessuna vittoria.
Stop! Semaforo rosso. Trombo.
Ecco la diga, un muro che blocca che impone la calma che non crea energia.
... e tutto si apprezza nuovamente in attesa della riapertura.
Un nuovo corso dove correre nudi, rigenerati ma sempre in cerca del senso.
Autostrade nuove liberate dall'eparina in una rinata routine al netto di scorie.

Appena finisce di leggere, nella commozione generale si apre una via al centro della chiesa e naturalmente, come una coreografia disegnata da stormi di uccelli in cielo o banchi di pesci nell'oceano perfettamente coordinati, sembra quasi un'opera di Mosè che qui separa le folle anziché le acque. Così la folla crea un corridoio e appare Lei dal fondo della navata, Flores Cognac con un enorme cappello con la veletta nera. Nel silenzio generale si sentono solo i suoi passi, una falcata elegante accompagnata solamente dal rumore dei tacchi delle sue Louboutin che rimbomba nel silenzio assordante della chiesa. Rimango sempre affascinato dalla sottigliezza di quelle caviglie che devono sostenere quel fisico.

Sale sul pulpito e accetta l'invito del parroco di leggere la *Preghiera degli artisti*.

«O Signore della bellezza, Onnipotente Creatore di ogni cosa.

Tu che hai plasmato le creature imprimendo in loro l'impronta mirabile della tua gloria, Tu che hai illuminato l'intimo di ogni uomo con la luce del tuo volto, volgi su noi lo sguardo e abbi pietà di noi, della nostra debolezza, della nostra povertà, volgi i tuoi occhi sul nostro lavoro, sulle nostre fatiche di ogni giorno, guardaci, siamo gli artisti, i tuoi artisti. Siamo pittori, scultori, musicisti, attori, poeti, danzatori, siamo i tuoi piccoli che amano vivere sulle ali della poesia per poterti stare più vicino, e per aiutare i fratelli a guardare più in alto nel tuo cielo e più in profondità, nel loro cuore. Perdonaci se siamo fragili e incostanti, ma siano uomini, donaci la tua forza, quella che scopriamo nella tua Parola, quella che sentiamo nella tua grazia, quella che riceviamo dalla tua Eucaristia, da quel pane spezzato che è comunione, fraternità e gioia. Ti preghiamo per noi, per tutti gli artisti, per il mondo distratto, fa' che possiamo aiutare tutti gli uomini a scoprire qualcosa di Te, attraverso la nostra arte. La nostra vita sia un canto di lode alla tua bellezza e le nostre opere i raggi luminosi che illuminano le strade degli uomini. Donaci il tuo perdono e la tua benevolenza, donaci il tuo Spirito di sapienza e di bellezza, ispiraci con il tuo amore e la tua grazia, e donaci ali stupende affinché con l'arte ci innalziamo fino a te. Te lo chiediamo per Gesù Cristo, Signore e fratello nostro.»

E tutti in coro: «Amen».

La funzione finisce e usciamo tutti, me compreso, sorretto da tante spalle. Saluto tutti e sono felice perché iniziano a tutto volume le note della canzone della Bertè *Il mio funerale*, che era una delle mie volontà e sono così sorpreso che funzioni tutto così come mi aspettavo: lei che canta che è il suo funerale, di accorrere perché è l'unica data, che amici e colleghi faranno a gara per ricordare un'artista e una donna eccezionale.

Dalla bara escono le braccia a dimostrazione che torno come sono arrivato, a mani vuote, che le ricchezze accumulate rimangono nella vita terrena. Il resto del corpo non lo mostrano, evidentemente straziato per averlo svuotato da quegli organi sani da donare. Certo non gli occhi. Insomma, mi compiaccio, hanno proprio rispettato tutte le mie volontà. Chissà se questa sera ci sarà anche l'afterparty con disco-music Ottanta-Novanta che ho chiesto, al Teatro 5 di Cinecittà tanto amato da Fellini.

Ci lasciamo la chiesa alle spalle e lo spettacolo che abbiamo di fronte è sorprendente, una piazza del Popolo gremita come solo al funerale di Maurizio Costanzo. Tanta gente conosciuta negli anni, amici, colleghi, ma anche tantissimi sconosciuti, penso... magari fra di loro ce ne saranno alcuni con cui mi sono accoppiato e tante e tanti altri che avrebbero voluto succedesse e io non l'ho mai capito... potevate chiedermelo, però!

Mi stanno adagiando sul carro, sempre con le note della Bertè che si mischiano a un fragoroso applauso, che io vedo solo ma non sento perché improvvisamente mi balena un pensiero... ma Cedrik dov'è? Non è stato avvertito? Non ha trovato l'aereo in tempo? Non avrebbe retto la funzione? O semplicemente è solo frutto della mia immaginazione come credono in tanti? In fondo il tatto, la vista, il pensiero e le emozioni che suscita sono quelle che provo solo con quel narciso di me stesso.

Panico, sono sudatissimo: urlo e mi sveglio di soprassalto con Dabliù spaventatissimo che mi guarda interrogativo.

Mi sono addormentato sul divano dell'ufficio dopo il pranzo.

Era un incubo, cazzo, pure lungo, era tanto che non succedeva. Mi calmo e il cuore riprende i suoi battiti meno accelerati. Tutto sommato non sono uno di quelli che pensa: "Meglio un pessimo processo piuttosto che un fantastico funerale".

È stato un sogno, ma in fondo è quello che vorrei: andarmene ma avendo costruito delle solide e sincere relazioni ed essere celebrato nel tempio degli artisti non essendo tale. Un'altra soddisfazione, dopo quella di essere docente universitario avendo abbandonato l'università. Dai, mi accontento di poco per nutrire il mio ego.

Ormai sono sveglio e non riprenderò sonno. Penso meno alla mia morte e ricomincio a pensare invece al mio lutto vero, alla morte del mio rapporto con Berto e a ciò che è successo poche ore fa, e a come contrasta con il bel ruolo che gli ho affidato nella mia regia dell'incubo/sogno.

Warhol

Nel pomeriggio, la sede della W si trasforma nello studio di uno psicanalista. Una seduta collettiva.

Sono ancora spalmato sul divano, con Dabliù che mi dorme addosso, senza nessuna intenzione di rialzarmi. I miei propositi sono: cedere all'inevitabile esaurimento nervoso, che tanto sta arrivando, dormire per una settimana, pensare se posso trovare lavoro come figurante davanti al Colosseo, un ambitissimo gladiatore albino, esentato dall'obbligo di indossare l'elmo in modo da mostrare gli insoliti capelli.

Tutti intorno a me sono schierati Orazio, Dolores, Veronica, che contribuisce all'effetto fumo, Tina. Solo Roberta, molto stupita della gentilezza improvvisa che le riservo e ignara di essere stata una delle protagoniste del sogno, continua il suo indefesso lavoro, inchiodata alla scrivania come se nulla fosse successo.

«Andy» dice Dolores, che è sempre l'anima ottimista della W «posso cercare un lato positivo in quello che è accaduto?»

«Tu troveresti un lato positivo anche nel Covid» interviene Orazio.

«Falla parlare» lo stoppa Tina.

«Sentiamo» dico io, laconico.

Dolores si guarda intorno come a dire: "Continuo?". Poi dice: «Non hai sempre amato Andy Warhol? Era lui che parlava dei quindici minuti di celebrità, no? Ecco, vedila così, dai: al di fuori della nostra bolla, la gente comune nemmeno sapeva che gli attori avessero un agente».

«Se non hanno visto *Call My Agent*», e questa è Tina.

«O *Anything Else*» interviene Orazio.

«Cos'è *Anything Else*?» chiede Veronica.

«Il film di Woody Allen.»

«Posso finire?» chiede il permesso Dolores.

«Prego» concedono tutti, in coro.

«Dicevo, Andy, se mi permetti, che adesso ti conoscono tutti. Questa storia ha circolato così tanto in rete anche in ambienti al di fuori del nostro che non si parla altro che di Andy Schroeder e della W. D'accordo, se ne parla in modo un po', lo ammetto, macchiettistico, un po' derisorio, ma quantomeno se ne parla. No?»

Io non mi alzo, non mi giro, non commento. Accarezzo Dabliù con le poche forze residue che mi sono rimaste.

«Lo sai chi ha avuto quindici minuti di celebrità in un certo giorno del dicembre del 1980, Dolores?»

«Non lo so. Chi?»

«Mark Chapman.» Poi aggiungo: «Quello che ha sparato a John Lennon». Poi aggiungo di nuovo: «Quello dei Beatles».

«Lo so chi è John Lennon, Andy!»

«Ah. Scusa. Sei così giovane che non ti ricordi nemmeno di quando Max Pezzali aveva i capelli, ho sempre il dubbio su quel che sai e quel che non sai. Senza offesa.»

«Nessuna offesa.»

«Piuttosto» e mi rivolgo a tutti, ma sempre guardando il soffitto «ho una domanda molto importante per voi. Spero che almeno uno su quattro conosca la risposta.»

«Sentiamo» dicono all'unisono.

«Da che altezza ci si può buttare con la certezza di morire e non di restare lesionati?»

«ANDYYYYY!» gridano, così forte che perfino Roberta si alza e viene ad affacciarsi.

«Quinto piano? Sesto?» insisto. «E se c'è un balcone sporgente? Se cado su un'auto parcheggiata?»

Orazio mi dice subito: «Andy, se ti butti, non muori e dopo devo accompagnarti a pisciare però prima rifacciamo il contratto per espandere le mie mansioni!».

«Okay» dico «non mi butto, fa malissimo schiantarsi sul cemento, credo, e poi mi si deforma la faccia e ci rimango male. Un metodo indolore?»

«Una bolla d'aria» risponde subito Roberta, allenatissima da *Colombo* e *La signora in giallo*. «Se la inietta in vena, va al cervello, embolo, ciao.»

«Roberta, ci sono già passato con l'eparina e ho capito che non mi so fare le iniezioni da solo, me la fa lei?»

«Be', certo Andy, così divento un'assassina e vado in galera, se la faccia fare da Tina che di punturine è esperta.»

Tina guarda male la sua omonima. «Scusa, stai insinuando che mi sia rifatta qualcosa?»

«Se non lo hai ancora fatto, lo farai. Niente di male, eh?»

E mentre Roberta 1 e Roberta 2 detta Tina iniziano a litigare, io torno a estraniarmi.

Sonnecchio. Neppure mi accorgo che Roberta al solito orario ha staccato la spina, mi accorgo appena dei saluti degli altri che se ne vanno a casa.

Faccio un mezzo sogno in dormiveglia.

Nel sogno c'è tutto il gruppo dei Nove che mi sta mandando una foto in chat. Nella foto c'è una maschera veneziana e loro mi dicono: «Guarda meglio, Andy».

Mi sveglio, da solo negli uffici della W.

Prendo lo smartphone, con un retropensiero sospettoso causato dal sogno. E un ricordo recente.

Vado sul profilo Instagram di Dolores. Cerco la data del giorno prima che arrivasse a Venezia.

C'è la foto di lei con la maschera veneziana, e questo me lo ricordavo. Ma anche un dettaglio che mi era rimasto in testa, a galleggiare nel subconscio.

Dietro di lei, appoggiato sopra un comodino, c'è un casco.

Il casco di un motorino.

Ma lei non era quella che si spostava solo con la metro?

Lei che era ancora a Roma, giovedì mattina all'alba, quando Berto è stato investito...

... da un motorino.

Lei che non era al ristorante con noi, la sera del pestaggio di Benito.

Non era all'Excelsior, quando è successo quel che è successo a Vera Bellini.

Provo a chiamarla. Non mi risponde.

Riprovo a chiamarla. Non mi risponde.

Non è possibile, non è possibile... Dolores... non ci posso credere...

Sto per chiamare Orazio per condividere i miei sospetti, quando mi arriva un messaggio. È di Flores Cognac.

Andy, ti devo parlare con urgenza. Vieni a casa mia subito.

In un altro momento avrei pensato: "Flores, tesoro, va bene che sei la Diva divina, ma se io avessi un qualunque altro impegno, adesso?".

Ma ora penso soltanto: "Ecco, stasera mi dice che pure lei mi lascia. Ci manca solo lei, oltre a Dolores.

Forse devo imparare a farmi le iniezioni da solo".

Per quella storia della bolla d'aria.

Sembra un'invitante soluzione.

Manette

Prima di partire per questo viaggio della morte, prima di andare a farmi lasciare anche da Flores Cognac, penso bene a come vestirmi. Sto davanti allo specchio come se da un dettaglio del mio abbigliamento dipendesse l'esito finale di questo colloquio serale con la Diva divina.

Mi guardo, mi riguardo, sono indeciso, poi mi viene in mente Coco Chanel quando diceva: «Prima di uscire di casa, guardati sempre allo specchio e togli una cosa... non sbaglierai mai!».

Less is more.

Obbedisco a Coco, e parto.

Arrivo nella sontuosa villa di Flores alle ventuno spaccate con una morsa di tristezza addosso. Cosa mi dovrà mai dire, così di fretta, di sera? Che mi lascia, è ovvio. "Andy, tutti questi anni di lavoro insieme li porterò nel cuore, non dimenticherò mai il nostro percorso comune eccetera eccetera, sei stato il miglior agente che potessi avere eccetera eccetera, I love you but I leave you." Quest'ultima cosa me la dirà in spagnolo, mi sa, o in francese. Quando drammatizza un discorso Flores devia sempre nella natia lingua iberica o nell'accento parigino. Come si dirà in francese? "Je t'aime mais je dois vous laisser"? Vous, siamo sicuri? E in spagnolo? "Te amo pero tengo que dejarte"?

In tedesco lo saprei dire, ma a Flores il tedesco non piace, anche se lo parla in maniera perfetta.

Suono il campanello, e il cancello che porta al sentiero nel grande parco della villa si apre. Io cammino tra i miei cupi pensieri, mentre cerco di ricordare come si potrebbe dire in napoletano. Ogni tanto, anche se non è napoletana, a Flores piace sentirsi Filumena Marturano. E sfodera un accento da Vico san Liborio da far invidia a Sophia Loren: «Abbascio s'è fatto a' folla. Dummì, non chiagne, guarda, tocca 'sti occhi, so' asciutti!».

Il portone è aperto. Nel grande salone non viene ad accogliermi nessuno della sua corte, ma sono le nove di sera, li avrà mandati a casa.

«Sono su nel salone, Andy» mi dice Flores dal piano di sopra.

Io, come ogni volta che entro in quel salone barocco che la rappresenta in pieno, rimango affascinato da quella gigantografia della copertina in bianco e nero di un magazine americano, quella foto che ha girato il mondo. È appesa sopra al camino e occupa tutta la parete con la sua cornice antica, un'immagine iconica del famoso fotografo Jean Pierre, quello che fotografava solo divi. Mi ricorda per contrasto *Blow-Up* di Antonioni, e Jean Pierre, il famoso fotografo di moda, ricorda Thomas, il protagonista della pellicola.

Eccola là, maestosa, altera: Flores Cognac si erge nel pieno della sua freschezza di quegli anni.

È il momento del suo massimo successo internazionale, in cui aggrediva il mercato statunitense. Ogni volta che vedo questa famosa immagine penso a come il mondo del cinema possa accontentare tutti i gusti, insomma, un po' quel concetto di puttana che è tanto caro a me e alla *Roma spogliata* di Luca Barbarossa.

Era il '66, e mentre l'élite era conquistata dal capolavoro di Antonioni che metteva in luce Jane Birkin e il suo topless e confermava la contemporanea eleganza di Vanessa Redgrave, al contrario Flores rappresentava la risposta/proposta che affascinava tutti i conservatori e nostalgici di un cinema che non tramonterà mai e che rappresenta sempre la maggioranza. Un mondo fatto in bianco e nero, con abiti lunghi e luccicanti ma cuciti addosso come una seconda pelle, come aveva imparato dalla collega Marilyn. Proprio la Monroe, con la sua famosa apparizione del '62 in cui cantava «*Happy Birthday Mr President*», aveva ispirato quel fortunato e diabolico scatto di denuncia di Jean Pierre di cui Flores era stata protagonista. Una burrosa Flores inquadrata dal basso con piedi in primo piano e con il suo abito aderente e scollato, che non ostentava il topless della Birkin, ma comunque non lasciava nulla all'immaginazione in quanto a forme.

Flores è fiera e statuaria come la principessa Sissi nel suo ritratto storico. Indossa una parrucca quasi bianca, accecante come i capelli che gli Studios avevano studiato per la Monroe per associarla sempre più a un metallo prezioso (forse il motivo per cui sono così affezionato a questo scatto) e in basso a destra, proprio da dove parte l'obiettivo, inginocchiato e di spalle, c'è un giovane stilista che sta dando l'ultimo tocco e cucendo l'orlo del vestito prima di far entrare in scena l'artista. Il giovane stilista con gli spilli in bocca e il puntaspilli al polso è prostrato ai piedi della divina: un acerbo ma talentuoso Faggiani, che allora si stava già facendo largo.

Il titolo della copertina, che fu ripresa da mezzo mondo, e il punto di vista dei fotografi (Thomas dall'alto che cavalca la modella, Jean Pierre dal basso schiacciato da Flores) aveva aperto un dibattito mai tramontato sulla donna oggetto.

Il titolo a caratteri cubitali recitava: «HO GLI UOMINI AI MIEI PIEDI».

Mi ridesto in pochi secondi e torno al presente.

Affronto la scala, mangiato vivo dall'ansia di quest'incontro.

Salgo al primo piano pensando a cosa fare. Cedo subito e le dico: "Vai pure da un altro agente, Flores, tanto io sono finito"?

Provo ad appellarmi al passato, ai ricordi comuni? "Ti ricordi quella volta che mi hai stirato la camicia a Cannes? Ti ricordi quella volta a Londra con Anthony Hopkins...?"

Boh. Non so cosa fare. Per la prima volta da trent'anni sono perso, del tutto perso, senza una vera direzione.

Sbuco nel salone forzando il mio più credibile sorriso, e...

... quel che vedo è surreale.

Flores Cognac è seduta su una delle sue bellissime sedie antiche di mogano, ma è ammanettata per il polso destro a una gamba della sua gigantesca scrivania.

Dice: «Scusa, Andy. Mi ha costretta lui».

In un altro angolo del salone, seduto su una comoda poltrona, le gambe accavallate, c'è un uomo. Mi sta puntando contro una pistola.

Dice: «Siediti, Andy. Parliamo».

Una pistola? Io? Quando mai hanno puntato una pistola contro Andy Schroeder nella vita vera?

L'uomo mi indica un'altra poltrona. Flores mi fa di sì con la testa, terrorizzata.

Mi siedo.
E ascolto cos'ha da dirmi Rigoletto Biancolatte.

Non ci si crede.
Altro che Dolores.
Lo zoppo è Keyser Söze.

Biancolatte

Il cervello umano funziona in maniera curiosa. Per esempio: per la prima volta in vita mia mi trovo sotto la minaccia di una pistola, e d'istinto mi viene da pensare a Veronica.

Potrei lasciare il mondo avendo come ultima immagine mentale quella faccetta incartapecorita, ma non so che farci, lei e i suoi film «telefonati».

Veronica è il potenziale incubo degli sceneggiatori: prevede tutti gli sviluppi delle trame, anticipa i colpi di scena che hanno cercato abilmente di celare, anticipa i finali di almeno quaranta minuti.

Veronica non va al cinema al chiuso da quando hanno proibito il fumo nelle sale, cioè dal 1975. I film li vede nelle arene estive all'aperto o a casa. Ma quando lo fa, è tutto un «Ah be', Andy, ma è ovvio che Bruce Willis è morto fin dall'inizio!», «Andy, ma è ovvio, i veri fantasmi sono quelli dentro la casa!»,

«Andy, ma il vero Enigmista chiaramente è il finto cadavere sul pavimento!». Per fortuna ho visto *Psycho* un po' prima di conoscerla, altrimenti mi avrebbe anticipato il colpo di scena della madre.

Allora, se io fossi in un film, mi avrebbe detto: «Dai, è ovvio che il colpevole era Rigoletto Biancolatte» fin dall'incidente a Berto Martini. Purtroppo, non sa leggere la realtà bene quanto i film.

Anche la prima domanda che mi viene da fare è piuttosto irrilevante. «Come hai fatto a entrare in casa di Flores?»

Rigoletto Biancolatte sorride. «Come i vampiri, Andy: sono stato invitato.» Poi aggiunge: «Più volte».

Lancio un'occhiata a Flores, che abbassa gli occhi colpevole. Aaaah, ecco chi era il nuovo misterioso amante della Diva divina... in effetti Rigoletto è proprio il suo tipo, più giovane ma senza esagerare, belloccio da reality show con sopracciglia ad ala di gabbiano, pettorali ben definiti.

Provo a capirci qualcosa. «Rigoletto, ma è perché non ti ho preso la prima volta nella W? Ci siamo visti al ristorante solo poche ore fa, non ti ho ancora detto di sì o di no ora che ti sei riproposto...»

«Ma smettila, Andy! È bastato guardarti mentre io e il povero Cesare amorevolmente ci offrivamo: trasudavi disprezzo. Per questo ho accelerato i piani, perché, vedi, avevo previsto un quarto incidente. Non a Luce Ferrari, perché lei è l'unica che ammiro.

No, avevo pensato di far scivolare Italia Nobile giù da una scala, ma poveretta, è vecchia, magari si sarebbe rotta un femore. Io mica voglio causare danni permanenti a nessuno, solo farti passare per portasfortuna. E allora avevo pianificato una polpettina avvelenata per Dabliù. Niente di mortale, tranquillo, non ammazzerei mai un cagnetto. Una polpettina avvelenata mentre lo lasciavi in custodia alla tua Veronica o alla tua Dolores, così avrei creato zizzania ulteriore tra voi. Magari le avresti licenziate.»

«Cioè, in pratica... Berto, Benny, Vera, sei stato tu? Tutte e tre le volte?»

«Non in prima persona, però sì. Ho pagato il motociclista del gasometro, ho ingaggiato qualche ragazzetto veneziano per travestirsi da picchiatore fascista. Mi sono concesso per quattro mesi, quattro lunghi mesi, Andy, a una bruttona che lavora alla Faggiani solo per avere accesso all'abito di Vera Bellini.»

«Non è bello fare bodyshaming» interviene Flores.

«Ne convengo» approva Rigoletto. Poi torna a parlare con me. «Ti ho rovinato, Andy. Ho distrutto la tua reputazione. Sono in questo mondo da abbastanza tempo per capire che non c'è un'accusa più infamante di quella di portare sfortuna. Ma guarda, se tu oggi non avessi messo su quella faccetta inequivocabile al Porto Fluviale, io avrei aspettato ancora un po', e ne avrebbe pagato le conseguenze il povero Dabliù. Invece ero talmente arrabbiato che ho accelerato i miei piani.» Giocherella un po' con la pistola, si rivolge un po' a me e un po' alla sua gloriosa amante. «Ero qui a casa di Flores che schiumavo di rabbia, e di colpo ho deciso. Per fortuna in questa villa si trova di tutto, frugando qua e là: un paio di manette, e non voglio sapere a cosa ti servissero, mia cara Flores. E la pistola, immagino per paura dei ladri. Mandarti un messaggio dal suo telefono, Andy, è stato inevitabile per concludere questa vicenda.»

«Ecco» dico «questa vicenda... ma perché? Perché ce l'hai tanto con me?»

Se fosse un film, ci sarebbe Veronica a dirmi: «Dai, Andy, non l'hai ancora capito?», ma non c'è.

Rigoletto accavalla le gambe e fa la sua miglior faccia da malvagio che sta per spiegare tutti i retroscena del suo piano. Fa schifo a fare le facce anche quando non recita.

«Dimmi, Andy. Quali sono le migliori storie di vendetta di sempre?»

«Le migliori storie di vendetta di sempre?»

«Sì. Film. Romanzi. Quel che vuoi.»

«Uh... *Kill Bill*?»

«*Il conte di Montecristo*» interviene Flores.

«*C'era una volta il West.*»

«*Old Boy.*»

«Bravi» gongola Rigoletto. D'ora in poi ci aggiungerete anche questa nuova storia: *La vendetta* di Giacomino Desideri.»

Spalanco gli occhi. «Rigoletto, ma tu sei... Giacomino Desideri?»

La finta Veronica mi sta dicendo: «Andy, io l'avevo capito da dieci minuti».

Eh, io no.

Che posso farci?

Vendetta

«Allora, Andy. Ti regalo un'idea per il soggetto di un film.»

«Ma io mica scrivo soggetti. Faccio l'agente.»

«Allora proponilo a uno dei tuoi attori. Ah, non te n'è rimasto nessuno? Ti toccherà farlo interpretare a me.»

E poi comincia a raccontare.

«Dunque. C'è un ragazzo di provincia. Uno come tanti, ma con un paio di sfortune e una piccola fortuna. Le sfortune sono: è balbuziente, e ha un fisicuccio da Woody Allen, ma per di più anche mezzo gobbo. Due caratteristiche che in una periferia a caso, diciamo, dai, la butto lì, Ostia, negli anni Ottanta varrebbero un lustro di umiliazioni pubbliche da parte di una banda di bulletti locali. Ma c'è una fortuna: nella stessa periferia vive un albino. I bulletti della Nuova Ostia sono troppo stupidi per concentrarsi su due bersagli contemporaneamente. Non si sono accorti che il ragazzo è balbuziente perché, be', per non mostrarsi balbuziente basta parlare pochissimo, ma dealbinizzarsi è più difficile. Per cui il ragazzo è un po' contento, perché i bulletti si accaniscono su quell'altro disgraziato, e lui forse riuscirà a traghettarsi fuori dall'adolescenza senza troppe conseguenze.

«Al ragazzo, che chiameremo, per puro caso, Giacomo detto Giacomino per il fisico esile, piace una ragazza. La chiameremo Barbara. Lui la scruta da lontano quando esce da scuola, quando va dai genitori al banco dei cocomeri, quando prende il sole in spiaggia, ma non ha il coraggio di rivolgerle la parola. Cosa potrebbe dirle: "C-c-ciao, prendiamo un ge-ge-lato?". Finché non è lei che, a sorpresa, lo invita a una specie di festa in spiaggia. Lui mica ha capito per cosa lo ha invitato, ha sentito un vago "Vasco Rossi", è andato nel pallone appena lei ha attaccato discorso... Che dici, Andy, fa troppo spiegone, fin qua? Lo taglierebbero da un film in fase di montaggio?»

«No, no, è bello. Continua.»

«Okay. Mica capisce subito, il povero Giacomo, che Barbara lo ha attirato in trappola. Che lei e il suo amico albino hanno architettato tutto per dirottare l'attenzione da una vittima all'altra.»

«Ma no, non è andata così! Barbara non ci pensava proprio a...»

«Zitto o ti sparo, Andy! Fammi finire!»

«Sì, sì. Scusa.»

«Anni, Andy, anni di umiliazioni. E mentre l'albino, libero dalle maledizioni, risorge, prospera, se ne va a Milano, poi a Roma, diventa un barman figo e arrotonda le entrate facendo il modello tra una pubblicità e una sfilata, addirittura, il povero Giacomo rimane lì a farsi vessare da quei trogloditi mentecatti. E medita il suo piano di vendetta.»

«Scusa» interviene Flores «puoi continuare in prima persona? Questi racconti in finta terza persona non si reggono, alla lunga.»

Guardiamo entrambi Flores per un attimo. Poi Rigoletto/Giacomino torna a rivolgersi a me.

«E allora indovina cos'ho fatto, Andy.» Ovviamente ha obbedito alla Diva divina. «Ho progettato il mio riscatto. Ho lavorato sul mio fisico. I miei genitori hanno pagato logopedisti su logopedisti. Col duro lavoro, motivato dal desiderio di rivalsa su te e la tua amichetta, sono diventato un altro. Ma quando finalmente la mia trasformazione è stata completa, ho scoperto che Barbara era scappata dalla mia vendetta andando a vivere dall'altra parte del mondo.»

«Non è scappata, è...»

«Taci!»

«Scusa.»

«Rimanevi tu. E io, che per esercitarmi all'uso della voce avevo seguito dei corsi di teatro, di colpo sono stato preso da un pensiero: “E se mi offrissi come attore e Andy mi prendesse? Non sarebbe la chiusura, a suo modo, pacifica, di un cerchio?”. Quando ho fatto quel provino, Andy, fremevo al pensiero: “Mi riconoscerà?”. Ci ho pensato troppo e, lo ammetto, non ho fatto una gran figura.»

«No, be’, eri solo un po’ freddo e impostato, succede», sì, come no, certo. «E non ti ho riconosciuto perché...»

«Ma sì, ma certo, perché avresti dovuto riconoscere uno che non vedevi dall’88 e che era diventato quasi un’altra persona a forza di palestra? Non ti ho condannato per non avermi riconosciuto, Andy. Ti ho condannato per il tuo disprezzo.» Esplode in una risatina amara, stridula. «Ti ho sentito, sai? Ero con l’orecchio sul portone della W mentre ridevi di me con i tuoi tirapiedi, con Orazio, con Dolores, con Veronica, mentre dicevi: “Mamma mia, un monologo di Alberto Sordi, ha portato un monologo da *Un borghese piccolo piccolo*, era come sentirlo recitato dalla voce al casello dell’autostrada”. E tra l’altro, Andy, di cosa parla, in sostanza, *Un borghese piccolo piccolo*?»

«Non lo so. Di vendetta?»

«Già. E perché ho scelto questo nome d’arte?»

«Rigoletto?»

«Biancolatte, deficiente, Biancolatte! Per te! Era un omaggio a te!»

«Ah. Sono lusingato.»

D'un tratto Rigoletto si alza in piedi e viene verso di me. Ora sono quasi certo che mi stia per ammazzare. Visualizzo i volti delle mie due donne, mamma Rosa e Barbara che si sovrappongono, e poi le facce di tutti gli altri in rapida successione a una velocità assurda. Sembra di stare sul Tagadà, la giostra meccanica degli anni Ottanta.

Cosa si pensa negli ultimi istanti di vita? Lo supplico di lasciarmi mandare un messaggio a Cedrik? Un allarme rosso al gruppo dei Nove? Lo imploro di farmi mandare istruzioni a Veronica sul futuro di Dabliù? Mi butto in ginocchio e lo prego di lasciarmi vivere?

«Allora, Andy. Da come la vedo io, qui abbiamo due possibilità.»

«Quali sarebbero...?»

«La prima è che io, adesso, ti sparo. Non proprio qui, perché non voglio sporcare di sangue il salone di Flores. Magari nel parco.»

«E la seconda? Credo che sia comunque preferibile alla prima.»

«Firmiamo un contratto di rappresentanza. Entro nella W. Di quel cane puzzolente di Cesare Rebonato non m'importa niente, di De Rossi neppure. Voglio fare un film, Andy, un film da protagonista, o almeno da coprotagonista. E tu sarai il mio agente. Quale delle due alternative preferisci?»

Ah! Che scelta.

Rovinarsi professionalmente o morire?

Non è una decisione facilissima.

In teoria.

In pratica, be', non sono né stoico né un eroe risorgimentale che va spavaldo incontro alla morte.

Sto per dire che, sì, certo, firmo quello che vuole purché non prema il grilletto, gli cedo anche casa mia, gli cedo anche la W direttamente.

«Allora?» urla Rigoletto. Sta perdendo la pazienza, e la pistola è parecchio vicina alla mia faccia. «Ti decidi? Preferisci davvero che ti spari?»

Chiudo gli occhi spaventato.

Poi sento un tonfo, un rumore sordo.

Apro gli occhi.

Rigoletto sta cadendo sul tappeto come una marionetta con i fili tagliati.

Dietro di lui c'è Flores Cognac, in piedi, con in mano la statuetta del David di Donatello. Quello che ha vinto nel '97, immagino.

«Urlava troppo» dice «mi dava fastidio.»

Io la guardo incredulo, con un amore indescrivibile. «Come... come hai fatto a liberarti?»

«Questo svenevole belloccio non sa riconoscere le manette vere dalle manette di scena. Sono quelle con cui mi imprigionava Javier Bardem in quel film che abbiamo girato in Galizia, ti ricordi? *Finisterre*. Me le hanno lasciate tenere.»

«Ma quindi potevi liberarti fin da subito? Perché non l'hai fatto?»

«Perché volevo aspettare che spiegasse tutto. Mi interessano sempre le motivazioni dei personaggi.»

«Anche nella vita vera?»

«Anche nella vita vera.»

«Bene. Mi hai fatto quasi prendere un infarto, ma ti perdono. Allora, prima che questo pazzo rinvenga, chiamiamo la polizia!»

«No, no, Andy. Aspetta, aspetta.»

«Come, "aspetta aspetta"? Ti ha tenuta prigioniera, mi voleva sparare...»

Flores ridacchia. Raccoglie l'arma dalla mano inerte di Rigoletto/Giacomino. «Ti avrebbe sparato con una finta pistola di scena. *L'alba di Jorio*. Quella con cui quel gran figo di George Clooney mi sparava tre colpi nel cuore. Quant'era bello con la barba in quel film!»

«Cioè, scusa, non lo vuoi denunciare? Ha mandato all'ospedale tre dei miei attori!»

«Sì, sì, ma mica li ha uccisi, Andy, no? E poi questo dettaglio lo sappiamo solo noi due...»

«Aspetta, Flores, fammi capire. Non lo vuoi denunciare perché... no, non mi dire che ti sei innamorata!»

«Eh, Andy. Come si intitolava quella commedia tanto bruttarella che ho girato per Natale quattro anni fa, ti ricordi?»

«*Al cuor non si comanda.*»

«Al cuor non si comanda, appunto. Ma poi, poverino, mi fa pena. Gobbo, balbuziente, ti rendi conto dell'adolescenza orribile che ha dovuto passare? E poi lui che viene speranzoso da te, tu che non lo riconosci, anzi, lo prendi in giro...»

«Ah, adesso è colpa mia?»

«Non ho detto questo. Ma se trovassimo un modo per uscirne bene tutti quanti...»

«Quale modo? Se non lo denunciamo, io continuo a portarmi addosso l'immagine di portasfortuna del cinema italiano! Sono rovinato, capisci?»

«Ho pensato anche a questo, Andy.»

«Spiega.»

«Nel seminterrato ho una cinepresa. E tra i miei cimeli ho la maschera che indossava sir Anthony Hopkins quando abbiamo girato il remake de *La maschera della Morte Rossa* e lui riprendeva il ruolo che era stato di Vincent Price. Da quel gentiluomo che è, me ne ha fatto dono. Anzi, aspetta: com'è che si faceva chiamare sui social, Rigoletto?»

«Snaporaz.»

«Perfetto. Ho anche una maschera che raffigura Marcello Mastroianni. Useremo quella.»

«Perché hai una maschera che raffigura Marcello Mastroianni?»

«Fidati, Andy: non lo vuoi sapere.»

Flores Cognac mi spiega il suo piano.

Io la ascolto.

E, siccome è la Diva divina, lo approvo.

Epilogo

Angelo o puttana?

Nathan Adler

«Ritengo che ci sia una enorme ma allo stesso tempo sottile differenza tra essere credibile ed essere vero. Ecco: io sono vero, ma alle volte mi stupisco che a molti sia sufficiente che io sia credibile e vedono solo la superficie. Mi impegno quotidianamente, anzi, mi sforzo addirittura andando contro la mia indole di essere leggero.»

L'intervistatrice approva. «Io sono ambizioso ma umile, e alcuni dei miei clienti si riconoscono in questo. Non voglio rimanere nella comfort zone. Voglio farmi una T-shirt con scritto "Comfort zone is stupid".»

Ride. Devo farla davvero, questa maglietta.

Sul mio smartphone silenziato arriva un messaggio di Barbara. Immagino cosa voglia dirmi, ma devo prima finire l'intervista.

«Dei modelli nella vita servono. Il mio goal è, nel mio piccolo, esserlo per degli adolescenti di periferia che dal basso possono costruire storie di successo. Ritengo di essere in ascolto e piuttosto rispettoso di ciò che mi circonda, ma non penso di ricevere altrettanto. Il cinema produce illusione, ma io ho bisogno di verità... sono concreto. Spero di non essere come quelli molto appassionati e partecipi alla vita degli altri perché in realtà non ne hanno una propria.»

L'intervistatrice sorride. «Un'ultima domanda e abbiamo finito.»

«Prego.»

«Hai idea di chi sia questo Nathan Adler, e perché abbia raccontato tutte quelle cose su di te nel suo libro? È stato anche piuttosto sgradevole in alcuni passaggi.»

Sorrido anch'io. «Non ho idea di chi sia. Forse un emulo di Snaporaz. In fondo niente di nuovo sotto questo cielo, una nuova Elena Ferrante o un nuovo Luther Blissett. O magari è proprio uno di loro. Certo è che, chiunque sia, l'autore non mi ama, sicuramente non è un ritratto fedele e edificante. Comunque non sono preoccupato, in fondo è un libricino crudo e cattivo e scritto piuttosto male, e poi a chi vuole che importi la mia vita? Se venderà dieci copie sarà già un successo. Che dire? Magari un giorno uscirà allo scoperto pure l'autrice o l'autore.»

«Bene, Andy, direi che abbiamo finito. Ti ringrazio.»

Mi alzo, le stringo la mano, e mentre mi tolgono

il microfono dal bavero della giacca leggo il messaggio di Barbara.

È uscito un libro qui da noi negli USA di un certo Nathan Adler tradotto da un italiano. Sta diventando un caso editoriale, è un best seller che sta scalando velocemente tutte le classifiche in questa California che ama così tanto la tua industria.
Mi devi dire qualcosa, Andy?

Angelo o puttana?

Già: sono successe un po' di cose, nei mesi dopo quella serata rivelatrice a casa di Flores.

Tanto che, dopo aver stracciato i Nove all'annuale torneo di burraco di fine aprile, ormai siamo alla vigilia del festival di Cannes, dove Cedrik pare abbia organizzato una sorpresa.

Il video di Snaporaz è diventato subito virale. Ovvero: quello in cui Rigoletto/Giacomino con la maschera di Marcello Mastroianni confessava di aver architettato tutti gli incidenti per vendetta su di me, reo di non averlo voluto nella W, senza entrare nei dettagli.

Ovviamente c'è stata una ridda di dubbi in rete sulla veridicità della confessione. Dai classici «Ma vabbè, poteva esserci chiunque dietro quella maschera, anche Andy stesso!», ai complottisti «Ma avrà reclutato un suo attore per mentire», fino al mio preferito, «Ma non sentite che Snaporaz parlava con una voce da robot? Lo avranno girato con ChatGPT!».

Vai a spiegare che quella è proprio la terribile, autentica atonalità di Rigoletto.

Insomma, sono stato scagionato dalle accuse di portare sfortuna. Berto mi ha invitato a cena al Biondo Tevere, si sarebbe buttato in ginocchio come un promesso sposo se avesse avuto le gambe sane.

Io sono tornato in pista, Luce Ferrari farà il film su Elsa Morante, e nessuno ha denunciato nessuno.

Quand'è uscito il libro, il famigerato libro di cui mi vuole parlare Barbara, Rigoletto mi ha scritto dal Messico per precisare che lui non c'entrava niente. Ed è in Messico perché, ovvio, Flores lo ha imposto per una parte nel film in cui fa la regina degli Aztechi. Per fortuna Rigoletto interpreta il personaggio del romanzo al quale a un certo punto tagliano la lingua, così gli americani non sono costretti a sentirlo recitare troppo a lungo.

Lunga vita a questa strana coppia!

Poi è apparso questo libro.

Si intitola *Andy: angelo o puttana?*, di un misterioso Nathan Adler, e getta parecchie ombre su di me, sulla mia vita, sul messaggio che mi scagiona, sul modo in cui porto a termine le trattative facendomi accompagnare da Tina o, a volte, da Orazio, su come cambio i ruoli nelle sceneggiature, su come mi prendo gioco dell'industria con false opere.

Qualcuno sui social ha fatto notare che, curiosamente, il libro è uscito in contemporanea con la seconda stagione di *Call My Agent*.

Un caso?

A proposito di Orazio: lui al festival di Cannes non ci sarà. O, meglio, non sarà col carrozzone della W.

Lui e Dolores, a forza di battibeccare, si sono mezzo fidanzati. Allora il mio Daniele e i suoi vestiti da pazzo mi hanno lasciato tra baci e abbracci e brindisi, perché, diceva, non se la sentiva più di dare ordini a Dolores, che ho promosso al posto suo. Dolores, diventata ormai D1 e cresciuta magicamente di dieci centimetri, si sente una donna in carriera improvvisamente a New York (arriva in ufficio, ripone le sue sneakers nella borsa e indossa i tacchi) e passa giornate a fare colloqui per selezionare la sua nuova D2: non le va bene nessuno perché ha troppa offerta e non riesce a scegliere: «Capo, questi Centennials sono molto diversi da come eravamo noi Millennials, noi eravamo la generazione dei narcisisti impazienti e volevamo tutto e subito, questi invece sono pronti, intraprendenti e pragmatici, sono troppo per offrirgli uno stage» mi dice in continuazione, ma in fondo lo capisco che sta giustificando la paura che il profilo che sceglierà la possa superare in un battibaleno. Vorrei dirle: «Tranquilla, Dolo, tu sei una forza della natura, non devi temere nulla» ma mi limito a pensarlo e sorridere sotto i baffi.

Povera Dolores. Mica lo sa che ho sospettato di lei, solo perché in quella foto c'era il casco di un motorino. E il casco non era suo, ma del giovane attore che aveva brevemente frequentato in quel periodo, ovvero Diego Amarone. Con il quale stava litigando (anzi: si stava proprio lasciando) mentre io provavo a telefonarle dopo aver visto la foto che mi aveva scatenato i sospetti.

Non le dirò niente. Non ce n'è bisogno.

Il nostro Orazio sta aprendo un'agenzia sua. Com'era giusto che facesse, prima o poi.

E mi ha anche chiesto un consiglio sul nome. E così come quando ho pensato al mio nome ed è nata la W, così ho pensato alle sue iniziali e mi sono felicemente imbattuto in DO, il verbo e quindi l'agenzia del dare e del fare, a seconda che si scelga il verbo declinato all'italiana o all'anglosassone. Verbo concreto ma allo stesso tempo propositivo.

Ma chiamiamo Barbara, intanto.

«Ho letto questo simpatico libro su di te, caro Andy.»

«Carino, eh? Lusinghiero.»

«Sospetto, più che altro.»

«Sospetto? Perché?»

«Mah. Nathan Adler? Il personaggio di *Outside*, un album di, guarda caso, David Bowie? Mmm...»

«Non capisco dove vuoi arrivare, BB.»

«Non è che Nathan Adler per caso sei tu, Andy?»

«Io? E perché dovrei scrivere un libro che parla male di me? E poi, Barbara, se veramente l'avessi scritto io avrei cambiato di sicuro congiunzione nel titolo... non bisogna scegliere fra le due alternative, lo sai, io sono sia angelo che puttana!»

«Be', magari sotto sotto quei quindici minuti di celebrità da portarogna ti sono piaciuti, e vuoi alimentare la leggenda.»

«Che mente sospettosa, cara! Che *suspicious mind*, direbbe Elvis.»

«Sì, sì. Cambia pure discorso, Starman.»

L'Impero colpisce ancora

Al cinema Superga, nell'80, avevo visto *L'Impero colpisce ancora*, il seguito di *Guerre stellari* che mi era tanto piaciuto.

L'Impero colpisce ancora mi era piaciuto ancora di più, ma nel finale ero rimasto a bocca aperta, esterrefatto. Cioè: tutti quei colpi di scena sul padre di Luke Skywalker, Han Solo intrappolato nella grafite, e poi... non finiva? Ma come? Ci lasciavano così?

Mica c'era internet allora, mica conoscevamo il concetto di sequel.

Non era come dire: "Tranquilli, in *Avengers: Infinity War* metà dei vostri amati personaggi diventeranno cenere, ma tra un anno uscirà *Avengers: Endgame* e tutto tornerà a posto".

Ora, sono certo che ci sarà meno ansia mondiale per scoprire chi ha scritto *Andy: angelo o puttana?*

di quanta ce n'era stata a suo tempo nell'attesa dell'uscita del piuttosto deludente *Il ritorno dello Jedi*.

Ma, nel caso, su questa storia si farà una trilogia.

Se diventa un film, state tranquilli.

Gli attori li fornisce la W.

E magari il ruolo di Samu lo castiamo nel roster della DO.

Ricevo un messaggio.

> Ciao Andy, ho recuperato il tuo numero da Bart, scusa, da papà, fra tre giorni sono di passaggio a Cannes, ti va se ci prendiamo un gelato? Ciao. Champagne!

Mentre chiudo le valigie, penso alla sorpresa che mi aspetta a Cannes e sospetto che la vittoria a burraco sia stata troppo facile e veloce.

Forse è il modo che i Nove conoscono per dimostrarmi affetto: mi hanno lasciato vincere!

Recitare è, tradotto, «to play», «jouer».

Questa vita è un gioco. Non importa chi vince con merito, ma chi sa giocare bene a recitare la parte del vincitore.

E Andy Schroeder, fidatevi, sa stare al gioco.

Appendice

Pag. 7 – *The Disaster Artist*, J. Franco (2017); *Anything Else*, W. Allen (2003); *Broadway Danny Rose*, W. Allen (1984)

Pag. 8 – *Nel bel mezzo di un gelido inverno*, K. Branagh (1995); *Tootsie*, S. Pollack (1982); *Perfetti sconosciuti*, P. Genovese (2016); *Blade Runner*, R. Scott (1982)

Pag. 9 – *Non ci resta che piangere*, R. Benigni e M. Troisi (1984)

Pag. 15 – *Destino cieco*, K. Kieślowski (1987); *Sliding Doors*, P. Howitt (1998)

Pag. 16 – *I vitelloni*, F. Fellini (1953)

Pag. 20 – *La strana coppia*, G. Saks (1968)

Pag. 22 – *Un uomo, una donna*, C. Lelouch (1966)

Pag. 38 – *Il marchese del Grillo*, M. Monicelli (1981)

Pag. 44 – *King Kong*, J. Guillermin (1976); *Guerre stellari*, G. Lucas (1977); *Rambo*, T. Kotcheff (1982)

Pag. 45 – *Amore tossico*, C. Caligari (1983)

Pag. 51 – *Le pistolere*, Christian-Jaque, G. Casaril (1971)

Pag. 59 – *Bellissima*, L. Visconti (1952)

Pag. 62 – *Il grande Gatsby*, E. Nugent (1949); *Il grande Gatsby*, B. Luhrmann (2013)

Pag. 69 – *Asteroid City*, W. Anderson (2023)

Pag. 66 – *Gomorra*, M. Garrone (2008)

Pag. 73 – *Fargo*, E. e J. Coen (1996)

Pag. 79 – *Tutti pazzi per Mary*, B. e P. Farrelly (1998)

Pag. 84 – *Dalle 9 alle 5... orario continuato*, C. Higgins (1980)

Pag. 88 – *Ultrà*, R. Tognazzi (1991)

Pag. 92 – *Dellamorte Dellamore*, M. Soavi (1994); *Diabolik*, Manetti Bros (2021)

Pag. 94 – *Lo sceriffo scalzo*, G. Douglas (1962)

Pag. 99 – *Priscilla, la regina del deserto*, S. Elliott (1994)

Pag. 102 – *Cantando sotto la pioggia*, S. Donen e G. Kelly (1952)

Pag. 124 – *Batman*, C. Nolan (2012)

Pag. 125 – *Taxi Driver*, M. Scorsese (1976); *Goodfellas*, M. Scorsese (1990); *C'era una volta in America*, S. Leone (1984)

Pag. 127 – *Sacco e Vanzetti*, G. Montaldo (1971)

Pag. 132 – *I Muppet*, J. Bobin (2011)

Pag. 157 – *Il buono, il brutto, il cattivo*, S. Leone (1966)

Pag. 170 – *8½*, F. Fellini (1963)

Pag. 185 – *Rimini Rimini*, S. Corbucci (1987)

Pag. 201 – *Sessomatto*, D. Risi (1973)

Pag. 207 – *Titanic*, J. Cameron (1997); *Pulp Fiction*, Q. Tarantino (1994)

Pag. 222 – *Italian Fast Food*, L. Gasparini (1986)

Pag. 239 – *Filumena Marturano*, E. De Filippo (1951); *Matrimonio all'italiana*, V. De Sica (1964)

Pag. 240 – *Blow-Up*, M. Antonioni (1966)

Pag. 245 – *Psycho*, A. Hitchcock (1960); *Psycho*, G. Van Sant (1998)

Pag. 247 – *Kill Bill*, Q. Tarantino (2003); *Il conte di Montecristo*, D. Greene (1975); *C'era una volta il West*, S. Leone (1968); *Old Boy*, P. Chan-wook (2003)

Pag. 252 – *Un borghese piccolo piccolo*, M. Monicelli (1977)

Pag. 256 – *La maschera della Morte Rossa*, R. Corman (1964)

Pag. 267 – *L'Impero colpisce ancora*, I. Kershner (1980); *Avengers: Infinity War*, A. e J. Russo (2018); *Avengers: Endgame*, A. e J. Russo (2019)

Pag. 268 – *Il ritorno dello Jedi*, R. Marquand (1983)

Indice

Questo libro è stampato fabbricato da Grafica Veneta S.p.A.
con un processo di stampa e rilegatura certificato 100% carbon neutral
in accordo con PAS 2060 BSI

Finito di stampare nel mese di febbraio 2024
per conto di RCS MediaGroup S.p.A.
da Grafica Veneta S.p.A., Via Malcanton 2, Trebaseleghe (PD)
Printed in Italy